如何開金口

讓你賺大錢的演說術

所有那些登上寂寞的講台，不顧一般人的意見、傳統的智慧和政治壓力，而說出真心話的人，本書是為他們而寫。願您的誠實與您的勇氣得到報償。

Speaker 出版總序

現今的世界是一個注重溝通及訊息大量快速傳遞的社會，也是一個需要懂得適時表達自己意見的時代，當意見的表達夠清楚明瞭，對方懂得你的意思時，許多事情才能順利進行；反之，則可能影響到事務進展的效率，甚而產生不可挽救的後果，大則如：一筆高利潤的生意就此泡湯或國家形象受挫，小則如：朋友間感情破裂。古人云：「一言以興邦，一言以喪邦。」這句話正明白揭示了語言的影響力及其重要性，但也不禁讓人玩味的是：怎麼樣的言語何以能興邦或者喪邦？有人認為說話有何難，這是不瞭解個中三昧的人說的話；其實，語言表達的學問可不簡單，所謂「一樣米養百樣人」，每個人因為生活經驗、教育程度、人格特質等因素，對於訊息的接收會有不同的解讀與感受，因此，訊息的傳遞若要能達到特定的效果，勢必要對於聆聽者與環境等相關因素有所瞭解，由此發展出一定的技巧並運用妥當始能竟其功。

揚智文化公司這套Speaker 系列叢書的規劃，即是在這種觀念的認知下產生的：成功的演說（不論型式與目的）是需要高度技巧的活動，當中融合了知識力、情緒力與判斷力，整體而言，就是一門藝術。而此套書即在提供基本概念、理論基礎、技術分析及實務操作上的知識與資訊，以此建構出演說的自信心，期能嘉惠社會上各界的朋友。

水能載舟，亦能覆舟。企盼讀者在閱讀了本系列叢書之後，能「如魚得水」，不僅能喜好演說、享受演說，也能因演說而獲得幸福與財富！

序言

我五歲的時候，有一天，幼稚園舉辦學生表演會，每一個孩子表演一個不同的節目。我站在十分鍾愛我的聽眾前面介紹下面的一個節目，在我的喋喋之語中，可以聽見我說「想知道什麼時候我可以去上廁所」。我二十六歲的時候，第一次面對職業上的聽眾。他們向我注視，等著我說點什麼話讓他們高興。我的想法和那天在幼稚園的想法幾乎完全一樣，只不過更為急迫。

——艾倫・威斯（Alan Weiss）

我所作第一次職業性的演講，酬金是一整天七百五十美元。今天，我講一次為時四十五分鐘的主題演講，酬金是當時的十倍。這個差別不是由於通貨膨脹（今日許多演講人賺七百五十美元或不到七百五十美元）。目前第一流的演講人，其酬金兼顧卓越的講材、動人心魄的發表技巧和精明的推銷術。在這一行中，要知道這三項缺一不可。

本書不是教人如何在業務會議上同事的面前不要緊張；它也不是為那些以一般人陳腐態度看「怕演講」的人而寫。下面再不會提到一般人的以公開演講為最大恐懼。

我在本書中所談的是職業性演講術而非一般人的演講術。如果您長於職業性演講，您便能賺一百萬美金。這一點我很清楚，因為我已經賺到。職業演講人的特點，是可以透過技巧傳遞、學習和樂趣，為客戶創造價值，並且根據這種價值而得到適當的酬金。這是為什麼常常有大額的酬金。因為酬金是根據您所傳遞的價值，而非您講出的時間長短或聽眾的數目。

因而，本書寫作的對象，是職業性的主題演講人、訓練人、短訓班領袖、討論主持人、講論會指導人、集會主席、餐會後演講人，幽默演講人、小組討論會調停人等。如果您謀生或希望謀生的方式，是站在聽眾的面前以各種形式的演講傳遞價值，那麼本書旨在協助您得到最高額的酬金，吸引新的客戶，培養老主顧，以及更能享受人生。最重要一個字是「營業」。

職業演講術是一種營業，也就是當執業者把收到的支票存入自己銀行帳戶而一切開支都支付了以後，要有盈利，那些自稱「有話要說」的人，如果他們不能把錢放進銀行或放到床墊下面，便只是說故事的人。我不反對做好事，但我反對挨餓。畢竟，連傳教士也拿薪水，而烈士追求的是長期的回報。

本書各章將討論精明的推銷術、卓越的講材和發表技巧，也就是您營業所必備的條件、演講的內容以及發表的各方面。預備好安全上路。它不是您所想像的那樣。

目錄

第一部

精明的推銷術

1 什麼是職業演講人

「是像一個職業呼吸人嗎？」

某種共識

職業演講人究竟是什麼？我們每天都在說話。而許多人更以此為生。空服員在飛機起飛以前，必須生動的講述安全規則。旅行團導遊須不停的講述藝術、歷史和好萊塢明星的住宅。電視遊戲節目主持人算是一名職業演講人嗎？政客是職業演講人了吧……？

答案是：誰管這一套？本書不是為那些集中注意力於定義和類別的人所寫。它的讀者應是那些想要以他們與聽眾溝通和增加聽眾福祉的能力為基礎，創造一份重要和致富事業的人。

本書中的各章，對某些演講人的吸引力視情形而異。譬如，必須溝通才能當選的政客，會覺得第三部很有用處。必須向可能的顧客或行業協會發表演說的推銷員，會覺得關於內容和組織的各章有用處。

然而，這整本書卻是為真正的職業演講人所寫。這些人是以在聽眾面前發表演說賺取生活。和寫同樣主題的其他作者一樣，我在第二部和第三部中敘述技術細節，包括內容與發表，而不同的是，我們以這個企業的生意經作為開始。

自認為是職業演講人的人有如過江之鯽，但是，其中卻只有少數人可以僅以演講為業而能賺取好的生活。對於專業演講人的需求，遠甚於現有的專業演講人。事實上，告訴別人如何可以成為演講人的人，比現有的專業演講人更多。這個情形錯在哪裡？

幾年前，我在為「美國建築師研究所」做一項工作時，有機會面訪甘斯勒（Art Gensler）。甘氏是一位為人敬重的著名建築師，而且是以他自己姓名為名的一家大公司的總裁。我問他：在這個建築師任由包商、設計者和工程師擺佈及收入下降的時代，為什麼他能這麼成功？

他說：「我經營一門生意，這門生意碰巧牽涉到建築和設計，但始終是一門生意。審美上的決定不如生意上的決定重要。」

我問：「這話在日常實際操作上是什麼意思？」

他說：「就是我們不去做很想做但會賠錢的建築工程，和希望做一點工程彌補它的損失。」

作為一名演講人，如果找到一位客戶需要花費二千五百美元，而您向這位客戶取費一千美元，而又只為這位客戶做一場演講，那麼，有一個詞可以形容您推銷的辦法：破產。

一般而言有哪幾種演講人？

職業演講人包括（但不限於）下面的主要幾類：

主題演講人

照字面上解釋，主題演講人是在一個會議或集會上致相當簡短開幕詞的人（三十分鐘到九十分鐘）。他旨在說明開會的主題，激勵聽眾參與。今日，演講業已將主題演講人變化為任何在大會（而非分組會議）上致詞的人。

大會演講人

大會演講人係指向會議或集會全體聽眾致詞的人，通常講一至二小時。

分組討論會演講人

在大會議和集會進行中向較小群體致詞的人。這些小組或是由主辦人指定或是由參與人自己選擇加入。分組演講可以講四十五分鐘甚至一整天，但通常不超過半天。

訓練演講人

舉辦時間長短不定的短訓班或講論會的人，其目的在於傳授技巧。短訓或講論的內容也包括練習、個案研究、群體活動等，與參與者的交互行動和牽涉較多。短訓班或講論會雖然規模有大有小，但通常可以容納二十四名參與者。

餐會以後的演講人

這是給十二個人或一千個人的集會致詞，作為一個夜晚的結束。這種演講很不容易，因為聽眾通常酒醉飯飽，當晚已有頒獎典禮、喧鬧的戲謔和高級主管的無聊話。沒有經驗、沒有自信或臉皮薄的演講人很難勝任。

幽默演講人

這些人可以在集會任何時間穿插。如果他們表現得好，能使集會輕鬆愉快；如果不好，將使接下來上台的人受到不良的影響。

模擬演講人

這些人穿上像富蘭克林、愛因斯坦、瑪麗蓮夢露或林肯的衣服，使用這樣的人物去娛樂聽眾或傳達關於個人和職業發展的切題訊息。

討論主持人

這些人使討論順利進行，他們使各群體間有更好的溝通，更迅速的解決爭論，並以合作和建設性的方式處理困難的問題。最好的討論是主持人儘量讓各群體自行對話，但是他們往往需要概要說明注意和討論事項，說明障礙的所在，並使辯論熱烈進行。

調停人

調停人通常是小組討論會主席。他們能簡短的解釋主題和程序，介紹參加討論的人，處理聽眾所提出的問題，讓議程按時進行。

最好的演講人可以按其本身的技巧和客戶的需要擔任各種的角色。您愈能滿足客戶的需要，便愈有價值。

以下我再以收入和其他創造的形容詞為根據，描寫演講人這一行。

登峰造極者

這些是名人，單憑他們的知名度便可以吸引聽眾。這其中包括有政客、演藝人員、作者和媒體人物。在這種崇高的氛圍中，酬金在二萬到七萬五千美元之間。

巡迴明星

這些人以其演說才能和在過去聽眾中的聲譽而知名：他們通常由各種演講人介紹所代表。酬金在一萬到二萬美元之間。

關係良好的演說家

這些人與巡迴明星演說家有同樣的高品質，但是尚未到達暢銷的程度。然而，往往由介紹所代表，並具有穩定的工作。他們的酬金在二千到一萬美元之間。

攀緣者

這些有抱負者有時以演說賺取生活，但往往不然。有些相當好，但需要精明的推銷術。有些長於推銷，但是內容和發表技巧尚待改進。他們的酬金在五百到二千美元之間。

凝視者

這些人考慮進入演講這一行或涉足這一行。他們可能因僥倖或幸運的關係而應邀作一次演講。他們通常沒有推銷的資料、沒有創造一個首尾一貫的計畫，只是邊走邊說。他們或許沒有酬金，或許只有一點酬金或謝禮。

我在這些單子中沒有用「全職」或「兼職」的字彙。這是因為這些形容詞在職業演講上不具意義。我去年演講了五十次。我是「兼職」演講人嗎？您每天演講才稱「全職」嗎？演講很少是一個人唯一做的事，愈成功愈是這樣。您或許花點時間擔任了顧問一職、當了教練、生產和出售什麼相關產品，以便找一些輔助的收入。「全職」和「兼職」不重要，付房貸才重要。

客戶不知道也不關心您是「全職」演講人或是「兼職」，您是在家或是在摩天大樓裡工作，有二十五套西裝或只有身上穿的一套。客戶只注意您給聽眾有價值的演講。客戶事先所知道的價值可以給您高額的酬金。演講發表了以後客戶所知道的價值，使他們一再聘請您。

今日，賺錢最多的職業演講人大多是訓練者。他們有工作網絡，經常在各地舉辦講論會或短訓班，為時半天或整整一個星期。他們大多是自僱業者，但有一些也是替大講論會公司工作。

您或許會想：「可是能賺大錢是在主題演講，賺錢最多的演講人不是訓練班的主講人。」這話是不錯的。收入最高的演講人誠然是可主持一次大型會議的「有號召力人士」。但是總括來說，大多數的錢卻是由主持訓練班最成功的演講人所賺。一九九五年中，美國各機關在這些人身上投資了四百億美元。

我不是在倡議您集中注意力於主持訓練班。事實上，我勸您什麼樣的演講都會一點，我們大家都可以做許多不同的事情。

改進客戶的情況

前面我們已經簡短的提到「什麼」和「如何」，剩下的問題是「為什麼」。為什麼我們需要職業演講人？說話不是像聽見聲音、呼吸或睡眠一樣自然嗎？能說它是特別的訓練、特殊的職業嗎？

對聽眾說話的人，可以創造非常大的價值或造成極大的害處，不論一個演講人的專長是什麼，聘請他的唯一理由，是想要改善聽眾的狀況，往往也改進他們所代表的機關的狀況。

我們拿錢是要給人價值；我們拿錢是要達成和超越客戶的目標，而不是我們自己的目標；我們拿錢是要瞭解參與者目前的情況和改進他們的情況，不是忽略它。人們的現狀不是他們所喜歡的，否則他們便不會聚集在一起來聽您的演講。

與聽眾接觸的方式主要有三種：(1)以演講人為中心的演講人；(2)以聽眾為中心的演講人；(3)以客戶為中心的演講人。如果您是以演講人為中心的演講人，目的是為了個人的回饋和滿足感，那麼您最好的效果是讓聽眾看到一個有趣的人物，您最壞的效果是讓聽眾看到一個自大狂。以演講人為中心的演講人如果不能立刻看出自己有多好，多為聽眾喜愛，便會覺得是失敗。在這一行，他們要聽見滿堂喝采。

以聽眾為中心的演講人成效好得多，他們往往被認為是這一行的化身。不論聽眾的多寡，他們能立即與他們建立親善的關係，以各種辦法使聽眾及早參與。我們大家都得在相當程度上以聽眾為取向，以便讓他們願意聽講。但是尚不止此，每當我詢問以聽眾為中心的演講人時，他們便拿他們的評分單給我看，並指出他們的「數字」。我真的認識這麼一位演講人，他在講台上的表現很好，他終身保留這些評分單。他可以回顧二十年前，並告訴你說他在成千的群體中演講的平均分數是多少。我的反應很簡單，能這樣很好，但是買主怎麼說？那個機構如何受益？六個月以後的結果如何？

問題是聽眾知道他們要什麼，但很少知道他們需要什麼。買主理應知道他們需要什麼，如果他不知道，那麼您的任務是提供更多的價值和協助找出那些需要是什麼。以聽眾為中心的演講人往往相當受歡迎，而有時候這也就夠了。

以買主為中心的演講人充分以聽眾為取向，使聽眾願意聽他們。但是他們主要使力的地方，是要達成和超越買主的目標，樂趣便由此而生。有的時候達成買主的目標意謂故意的挑逗聽眾，使他們的思想溢出習慣上的框框，使他們對現況產生不滿，迫使他們採取新的行動，如果您始終是這樣做，您不會常得到滿堂喝采，您的評分單上也不會永遠得到高分，但您會一再為人所聘用。

> **為求利潤要以演講人為中心；發表演講的時候要以聽眾為中心；以結果為焦點時要以買主為中心。弄不清這些，您自己便有危險。有許多演講人每年工作二百天而僅能糊口。如果您想挨餓，一年做二十天便行了。**

表演演講家或演講表演家？

在演講人的圈子中，大家對於下列這些奧祕的事物，常作激烈但大致無關緊要的辯論。

- 您應該拿稿子或是背下您要講的話？
- 您是使用有傾斜桌面的講台或是在聽眾中間走來走去？
- 目前非用視聽裝置不可嗎？

- 您應該回答聽眾所提的問題，還是以獨白的專家自居？
- 您應該在講台上賣相關作品嗎？
- 您需要表演和動作教練嗎？

曾經和我談話的買主，大致認為演講人可以同時提供知識、傳授技巧、創造認識和激發行動。然而，我所見過或聽過的許多演講人，似乎認為他們可以取代旅行劇團的街頭表演、迪士尼世界、自戀和自療。

由生意經的角度看，除非買主認為達成了他的目標，因而他願意再聘用您或將您推薦給別人，否則，您便沒有成功。所以，喝采不重要，評分單不重要，集會策劃人的謝函不重要，您自尊心的提高不重要。一切都要以買主為了達成一個機構的目標而有什麼需要為依歸。

在本書中所談卓越的講材和發表技巧的各章中，我們將說明一些技巧的最佳使用方式。但是在您決定將如何做以前，我們必須先找出您將這樣做的理由。

首先，談到演講的表演，可以說演講有各種各樣，由完全配有舞樂的，到完全為針對某一問題所設計和回應的。這兩個極端，有時都是可取的，但是一般來說，我主張您採中庸之道。譬如，所有您的故事和軼事，都需要仔細的演習和練習時間的安排、音調變化和動作。可是，您的談話也必須有足夠的伸縮性，使您有時間及機會可以提到這個機構最近的發展、聽眾或環境的獨特之點，以及臨時提出的問題等。

其次，視覺輔助教具只有在可以加強訊息和協助客戶改進其情況時才有用，不然便顯得愚蠢。電腦所產生的畫面有時最糟糕，因為它們有相當高度的技術性問題。而當它們運作良好，會使這個媒體所要傳達的訊息，又對聽眾產生壓倒性的效果，而真正的內容卻被忽略了。

第三，今日有許許多多的教練由暗處走出來，教給演講人手勢、動作和與聽眾交互作用的技巧。沒有一個買主會因為演講者所使用高妙和誇張的手勢，而宣佈將再聘用他，也沒有一個買主因為演講人戲劇性的舉止而將他介紹給別人。說話和態度上的這些小事對於發表演講有影響嗎？有，但是影響很小。

聽眾在散場以後會不會受影響則要視您談話的內容而定。只要舞台和戲劇性的裝點可以提高這種談話的效果，利用它們也很好。但是前者的效果不需要後者的烘托也可以產生，而沒有前者後者便不具意義。請相信我的話：談話內容是一切。讓教練站在邊線上，必要時再和他商量，但不要讓他進場來喧賓奪主。

最後，您所使用的方法將十分倚重您駕馭自我的程度。像打壘球一樣，這個概念容易領會，但知易行難。

有一次，我和另外三位演講人出席由「國際集會策劃人協會」所舉辦的一場講論會。我們每一個人有四十五分鐘。以前我曾在這個會議上作主題演講，現在我要為一個由二十四名高級職員和董事所組成的精英小組致詞，其他的三位演講者接在我後面。在我開講以前，有兩名主持人被選出來「破冰」（即打開僵局之意），讓大家準備學習。

這兩位主持人共製作了九十分鐘的「破冰」演講，比起我們的四十五分鐘，整整長一倍！想來這片冰很厚。除了這個不自然的留在台上的機會以外，一位主持人設法在她給一位參與者問題的答案中硬塞進一些話，說她最近贏得重要的頒獎。這實在太過自大狂，使我不得不大笑。可是這種胡鬧每天都有。

縱然有些「專家」什麼事也不做，只是教您如何在講台上出售您的著作和錄音帶，您可千萬不要這麼做。如果您真的很好，大家會根據您在演講中協助他們的能力而去購買它們，不是因為您在講台上無情的竭力推銷它們。

您該不該使聽眾融入在演講的過程中，要視這樣的互動是促進或妨礙客戶目標的達成。您使不使用講稿，要看您覺得怎麼做比較泰然，以及怎麼做會有助於或是妨礙您傳達訊息的結果。

演講業的奇想

您上大學時可能很多教授的講課都異常枯燥無味，這是因為他們領薪水做一件工作，也就是在講台上傳遞資訊。如果教學的定義是傳授知識，則他們之中很少人是在教學，因為他們傳授的知識非常少，而學生在考完試以後還記得的更少，更不要說能學以致用。

大多數的演講人在我們這一行的作風也是一樣，他們認為別人付錢讓他們發表演講。實際上，大多數人和買主洽談時，在開列費用表時，都無不表達這個意思。演講已經變成商業化，介紹所或演講人本人提出每個鐘頭或每一天的收費標準，而後演講人登台演講。這大約相當於醫生按鐘點計酬做開心大手術，或者建築師以建築物的大小為取費標準。

演講這一行協助買主達成目標，而由買主付給演講人酬勞。因此，在本書一開始就談到其特殊技巧以前，讓我們說明幾種定義和特性。

「買主」是簽支票或讓人簽支票付給演講人的人。買主很少是集會策劃人，他也不一定是公司的總裁。不過，在較小的公司他很可能是總裁，當較大的公司舉辦層峰集會時他也可能是總裁。當我應邀在通用電器公司演講的時候，聘請我的人不是威爾其（Jack Welch）總裁。是比他低十二層的人聘請我，但是他們可以做決定和付給我錢。

不論您是設法向一個機關要求演講的機會，或是回應他們主動的接觸，想辦法找出買主是誰。這樣您便可以以您的工作配合他想要的營業結果，因此，不但增加您受聘的機會，也增加您得到較高酬金的能力。

您愈集中注意力於目標和結果，您便愈有價值。您愈集中注意力於場合和任務，您便愈脆弱。一個客戶很容易以一小時的談話去取代另一小時的談話，但是他很不容易用什麼去取代「很快完成銷售手續的能力」或「改良顧客服務以減少敗績」。

「目標」是因您的參與而想要得到的結果。發表主題演說、在餐會以後講話、主持一個分組討論會都不是結果。它們是任務，因而它們是商品，必須與別的同類商品作激烈的競爭。因而您常聽到一位集會策劃人說：「我們給這個節目準備了五千元美金，您能給我們什麼？」這簡直荒唐無比。真正的問題是：「這是我們所希望達成的目標，各種不同的演講能提供什麼樣的價值，以達到最大的投資報酬率！」

仔細聽著，只要協助探索、瞭解和澄清買主的目標，便可增加您的貢獻。這是為什麼您應該緊釘著與買主討論，並直接把您的建議書交給這個人，只有這樣的人才有根據收回成果來安排投資的意志力和資格。

您進行的作業「過程」，比您實際花在講台上的時間有價值得多。幾乎在任何演講後面的作業過程，包括：

- 初步與客戶談話，以決定他要怎麼樣的結果，而您對這些結果的貢獻又應是些什麼。
- 然後再與您心目中可能的聽眾交談，以求出他們的觀點是什麼，他們的挑戰是什麼，並草擬為客戶特別訂造的某些例子。
- 研究客戶所在行業一般的情形、競爭，以及客戶在裡面的角色。
- 設計實際的講詞。其中百分之五十可以是您想說的標準意思，百分之二十五是特別以客戶為中心的材料，百分之二十五是給聽眾的練習、交互反應、新材料等。
- 與客戶討論您的講詞，並與您演講前後節目協調，也與當日其他演講的人協調。
- 準備視覺輔助教具、現場分發給聽眾的資料和表演道具。

・練習。
・真實的發表演說。
・事後與客戶討論，確定還需要些什麼、聽眾的反應如何、目標達成了多少等。

摘要

職業演講是一種技巧，以語言文字去達成買主的目的。成功的演講，其結果是使買主興高采烈。買主最後的表揚，是對您技巧的讚美詩。您把握和指引這個過程的方法，是將注意力集中在結果上，瞭解這個以您在講台上時間為高潮的作業過程的全面價值，並與那些其投資決定是根據您演講的價值而非花了多少分鐘的人打交道。

職業演員不是演講人。徹底的準備固然重要，可是如果一言一詞一舉一動都經事先的策劃，卻會使演講枯燥無味，與聽眾沒有愉快的互動。觀眾自己選擇他們看的戲和職業表演，但是聽誰演講卻往往是由別人給他們選擇的。如果您事先已有充分的準備，瞭解聽眾，以您如何可改進他們私人和職業生活來決定您演講的價值，那麼您將得到極大的收穫。自我需要的滿足、相關作品的銷售及您將得到的奉承，將是事後源源而來的副產品。這些絕是你首要的目的。

對於職業演講人做些什麼和為什麼這樣做有了一般的瞭解以後，讓我們看一看如何選擇市場，和為什麼大半的演講人莫名其妙的失去選擇而非將其擴大。

2 如何選擇您的市場

「但是那些人都比我懂得多。」

把那個啞巴假人由封面上拿掉

有一次，我在亞利桑那州（Arizona）譚比市（Tempe）一個由「全國演講人協會」所舉辦的「推銷實驗室」上發表演說，聽眾都是職業演講人。他們想拓展自己的吸引力而相對的增加生意。我已談到如何讓各種買主接觸您，這個概念我稱為「讓買主可以買」。譬如，由實際的觀點看，如果一個買主不知道如何與您聯絡，便不可能由您那兒買東西。由概念方面說，如果您不能涵蓋適當的主題、懂得他們那一個行業、具經驗等，就不能獲得買主青睞。

我講完了以後，有一位聽眾問我願不願評論他的促銷資料。他告訴我說他不怎麼想當一名在餐會以後的娛樂表演者，而想當一名能造成改變的人，在會議中的大會致詞或發表主題演說。他的想法很合邏輯，也就是說他的表演只是傳達他管理改變的技術，他不是一名純粹的幽默演講人。

他遞給我他的小冊子，小冊子的封面上是一張照片，照片中他坐在一張椅子上，膝蓋上放了一個大的啞巴假人，原來他的表演是腹語雙簧。

可是這位才子卻是在大力的把買主攆走。

我說：「把那個啞巴假人拿掉。」

他不解的問：「您是說把我表演的這方面放到小冊子裡面去嗎？」

我說：「不，完全拿掉。只要您還把它放在小冊子中，您便是一名腹語雙簧的表演者，您得花很大的氣力才能說服任何買主您也能有力的發表關於改變的演講，『改變』這個主題是您價值的所在。」

不論我們在演講這一行是新出道或是講台上的老手，我們要有好「表演」。我們對自己的看法是由內向外看，而買主對我們只能由外向內看，感覺便是真實。壞消息是我們對自己的感覺幾乎永遠與潛在買主對我們的感覺有異。詩人朗費羅（Longfellow）曾經指出：「我們自以為可以做什麼來判斷我們自己，而別人以我們已經做過些什麼來判斷我們。」好消息是如果我們能採取客觀的看法，便可以控制這個過程。

下面是您選擇市場範圍的邏輯和簡單的步驟。

選擇您市場範圍的五個步驟

1. 找出您給一個可能客戶的價值或附加價值。
2. 找出什麼樣的客戶最需要這樣的價值。
3. 找出那些客戶住在何處。
4. 找出您如何接觸它們內部的買主。
5. 設法接觸這些買主。

找出您給一個可能客戶的價值或附加價值

如果您的演講不能使客戶的情況有好的改變，那麼要您去演講是根本沒有意義的。您必須可以清楚說明您能如何改善客戶的情況。

> 客戶有權利由他們的投資中得到回報。如果您不能以可能主顧的措詞說明這種回報是什麼，那麼誰能？除非您能向可能的買主解說，讓他知道這種回報會是什麼，否則便不要與一名買主談話。

您必須以某種結果、某種改良的顧客情況，來形容這些附加價值或價值。表一是某些您可以給買主增加價值的例子，分別以演講人的措詞和買主的措詞列出：

表一　將演講人的措詞翻譯為買主的措詞

演講人的措詞	買主的措詞
舉辦銷售訓練班	改進銷售達成率
發表主題演講	創造聽與學的需要
在餐會以後助興	減輕一天的緊張，加強友誼
談緊張的減輕	改進生產力
發表我希望的訊息	使人們能解決其本身的問題
說一段激勵的話	鞭策參與聽講的人超越更高的目標
傳授管理時間的技巧	改進生產力
介紹高品質的技術	減少侵蝕利潤的不良工作
灌輸顧客服務的態度	改進顧客保留率，減少消耗
描述我與疾病的搏鬥	擴大對個人悲劇可能的解決辦法
提供投資建議	儘量增加財務安全
教授人際關係技巧	減少工作上的衝突

仔細的聽，因為演講業中很少有人注意到這一點，而我對這個忠告非常有把握。永遠要說明您對客戶持久的價值。當有人問您：「您的演講是關於什麼？」這是一個外行的問題。但是如果您抬舉它、滿足它，回答說：「我說的是一、二、三」，那麼這個答案便限制了您的事業。

找出什麼樣的客戶最需要這樣的價值

這一步可以戲劇性的使您的領域變狹或拓寬。一般所謂的聰明辦法，是教您逐漸使它變狹，以便您可以集中於目標。有趣的是，我認為這是一樁生意。生意因利潤而興隆，而利潤乃來自於成長。

請注意：我說「需要」這個價值的客戶，而非「想要」這個價值的客戶。我所遇見的每一個可能的主顧，都清楚知道他「要」的是什麼，但是很少有幾個知道他們所「需要」的是什麼。這個區別（也就是您所提供的獨特智慧，協助可能主顧發現以前所不知道的需要的智慧），是您添加價值提議的關鍵成分。推銷不過是創造需要，我們可以形容這樣的「需要」是對買主有吸引力的「結果」。銷售是您說服買主您有最好提供那些結果的辦法。

我認識一位很好的演講人，她的名字叫羅芭塔（Roberta）。她一絲不苟的創設了一個可以維持生活的演講生意，而且有很強的求知欲。她每過一段時間便來看我，和我商量，使我們彼此都學到不少，然而，羅芭塔的營業中最驚人的地方之一卻是她所忽略的地方。羅芭塔的專長，是協助在困難中的人，發現其天賦的才能、才智、長處和資產，在這些上面建立一個光明的未來。她的客戶是那些被工作機關裁減下來的人、長期失業的人，以及其他失去工作和不能找到有意義工作的人。她所得到的評論和結果都很優異。

我問她，為什麼她不能把這些技巧和作業過程用在那些情形很好的人身上，那些因情形很好而看不出他們還可以成就更多的人身上。眼前的成功使許多人看不出他們真正的潛力，在演講這一行尤其如此。她說她的專長是與有困難的人打交道，在這個活動範圍她覺得很舒服。可是羅芭塔經常在想辦法擴大營業，使之在維持生活以外盈餘。

羅芭塔以過去的成功、目前的聽眾和一個很小的活動範圍來衡量她自己。是有一些人向她求助，可是更多需要同樣激勵和內省的人，卻尚未能認識到這個需要。我深信羅芭塔如果和他們接觸一定會同樣愉快，但是她不想離開目前的安適境遇。朗費羅是對的：至少對我們自己而言，我們應該弄清楚我們能做些什麼，而不僅是我們已做了些什麼。

以最廣泛的概念來說明您的價值是什麼。小心避免行業、適當位置和分節的這個順序。讓買主可以向您購買。您用來把您的影響力侷限於小範圍的每一個字眼，都會使成千可能的買主望而卻步。不要說太多的話。

列出一張廣泛的單子，其中包括可以由您自認為具有的附加價值中獲益的行業和市場。不要做破壞性的測驗，這樣的測驗會使您隨便淘汰一些行業和市場，如您認為沒有錢的（教育或非營利事業）、在後勤學上不可能的（如太遠）、飽和的（太多知名的人在那兒做銷售技巧訓練的）、不太愉快的（其高級職員太厲害），或太複雜（我不瞭解高科技）。所有這些標題都是不真實的。

不要說您的聽眾應該是些什麼人，只問您能傳授的價值是什麼。誰能由這種價值中獲益？那麼您的答案將是很廣泛的。下面只是部分可能的顧客：

- 任何裁員以後機構剩下來的經理人員。
- 強調多種學科和交叉作用團隊的公司。
- 義務性的機構（救世軍、紅十字會等）。

- 董事會和受託人會。
- 市政府。
- 複合銷售（如技術支持、產品維護等）。
- 與成員交互作用的行業協會職員。
- 列名候選經理的高潛力與快速升遷的人。
- 新上任的監督者與經理。
- 壓力高的職業，如緊急回應工作隊。

請注意：我在確定選擇的時候，不是根據我所有的資料、我以前共事過的群體、我個人的經驗，或任何其他的限制性的因素。我只是想決定誰可能需要我提供的價值，不論他們自己知不知道！

找出那些客戶住在何處

一旦您認清自己的價值是什麼，便可以決定您可能的主顧「住」在何處。在上面所舉的例子中，當地的義工、緊急回應工作隊，以及裁員過的營業單位可能是立即的目標。但是請注意我的單子不僅包括各種機構（如市政府與行業協會），也包括幾乎任何機構中的若干人口（如新上任的監督者與升遷快速的人），以及大多數機構中的職能（如董事會與受託人會）。

演講人往往太過喜歡受到保護的旅程，它將他們帶到與外界絕緣的安全避風港，他們在那裡面建築安全的小巢。因此，我遇到一些人只對抵押銀行家、餐飲服務工作者或電話推銷員演講。他們之中最好的是小池塘中的大魚，最壞的連魚也吃不起。

關於您所提供的價值以及可能的主顧，您應該列一張大範圍的單子。而後要做的是將它節縮為輕重緩急項目的次序，當您逐漸成長和成功的時候，接下來的項目將上升到值得注意的地位，但這要視您成長的層次而定。

在一開始，您的輕重緩急項目次序應以下述為原則：

- 推銷的辦法（旅行、廣告、編目等）。
- 現有的可見度（已寫成的文章、訪問、可能的媒體曝光）。
- 與目標中可能主顧現有的接觸。
- 目標中可能主顧中其他人的介紹所。

・最長期的潛力所在（大機構勝於當地非營利事業）。
・最容易確立需要的情形（裁員的機構）。
・個人的經驗與知識（您曾在旅館業中工作）。
・目前的趨勢。

這些標準不是根據特殊的行業或專長，而是根據您得到對您價值提議迅速、正面回應的能力。您在這一行資歷愈淺，對於稀少辦法迅速與有效的使用便愈重要。您的經驗愈豐富、長期滲透、重複生意以及客戶付高額酬金的能力便愈重要。

因此，經驗比較豐富的演講人，其輕重緩急次序的單子也成長到包括：

・在我價值建議以內可以維持高額酬金的能力。
・多重預約的可能性（有無數所在地的公司）。
・由可能買主所組成的高層次聽眾（行業協會）。
・國際性擴張的潛力（全球性的機構）。
・在我曾工作的國內地點曝光（喜歡這樣的旅行）。
・可以購買額外的相關作品與服務（書籍、顧問）。

・可以提議較最初更多的額外價值。

・按我輕重緩急次序推銷的介紹所。

一位「經驗豐富者」單子上的項目可能並不適合初出道者，但是當他們逐漸成功以後便應該注意加上去。我們以後再談介紹所，但是他們能夠替您做推銷的工作。尤其，他們應該向您認為不重要、在您輕重緩急單子下半部的那些地方推銷。這些地方是您自己原來不會去接觸的。介紹所應該告訴您他們在推銷上有什麼價值，否則他們便不應拿酬金。

找尋可能的客戶機構有種種辦法，下面是您每天都可以應用的三個主要辦法。如果您努力完成這三個步驟，便有可能每天找出十幾條很可能的門路。

1.為了當地的門路著想，要建立關係網絡；出席城市的集會，擔任籌款委員會的委員；與成功的企業家一起吃午餐。

2.閱讀那些報導可能符合您輕重緩急次序的機構的主要出版品，並且記下細節以後慢慢看。這些出版品中有《華爾街新聞》（*The Wall Street Journal*）、《紐約時報》（*The New York Times*）、《財星雜誌》（*Fortune*）、《富比士雜誌》（*Forbes*）、《商業週刊》（*Business Week*）等。此外有些專業出版品如《化學週刊》等在某些方面也很有用。

3. 有若干行業協會和機構的「消極名單」，如《美國商業電話簿》（*Business Phone Book USA*），其中包括每一個大機構的電話號碼、地址、電子信件名稱、網址等。「美國全國行業與職業協會」（National Trade and Professional Associations of the United States），提供全國各大行業協會的名稱、地點、總裁、會議地址和主題、會員身分以及預算的資料。

您沒有什麼正當的理由不能為您最著重的方面，於一天之內在地方或全國的層次建立十幾個可能的主顧。這便是一週六十個、一年三百個，還不算入那些以其他方式（如經人介紹等）所得到的可能主顧。如果這些線索中有百分之十落實，每一個線索讓您賺到二千五百美元，那麼您便有七萬五千美元的基本營業額，其中還不包括重複的聘用、附屬的作品銷售，或其他收入的來源。當然，沒有人會阻止您每天增加二十幾個可能的主顧，在其中落實百分之十五，每樁生意取費三千五百美元。要知道如何使這些數目增加，再看下去。

找出您如何接觸它們內部的買主

要接觸到一個可能的買主只有一個方法：找出那位買主如何做決定，而非您自己會如何做決定。買主通常以下列的輕重緩急次序作為邀請演講人演講的決定：

1.親自聽過這位演講人的演講，留下很好的印象。
2.由可信賴的前輩那裡，聽說這位演講人很傑出。
3.由可信賴的屬下那裡，聽說這位演講人很傑出。
4.由可信賴的第三者那裡，聽說這位演講人很傑出。
5.由一個相關的介紹所或代理人那裡，聽說這位演講人很傑出。
6.看到過或聽說過這位演講人的事情（如媒體的訪問）。
7.由演講人那裡收到過宣傳的資料。

請注意：做生意要靠「關係」。不論是一個同事、一個屬下，或一個買主曾經共事的介紹所，除非買主本人曾經看見過您，對於一種持續的個人關係的信任，乃是買主聘不聘用您的關鍵。

您如何能讓買主購買：

> 買主購買，這是為什麼他們稱為買主，但是他們也能決定不買。您的任務是透過他們最喜歡購買管道的吸引力，讓他們可以買。您最困難的工作應該是在接觸買主以前完成。

第一條規則是要講。演講人照理應該講，而且應該常常講。您的知名度愈高，便愈可能給您聽眾中的買主留下良好的印象。有些團體的聽眾中有可能的買主、買主親信的推薦人、介紹所的代表或者新聞界的人士。

鎖定各地的商會、各服務俱樂部、商業誠信局、慈善場合、商業非正式會議、非營利群體，以及其他需要人在午餐、晚餐上演講，找人致開場白或結尾語的場所。聽眾人數愈多，素質愈高愈好，但是您永遠想不到會有些什麼人聽到您演講。您演講的時候一定要帶一些傳單，留一點資料給每一位參加聽講的人。

如果沒有人請您演講，您反正還是在家中賦閒，因此不要以為做沒有酬勞的工作是嚴厲的處罰。您免費在許多可能的顧主面前演講，總比不在任何人面前演講來得好。得到酬金最快的辦法，是做許多不收費的事。成功的資深演講人也遵守這一項規則。雖然公益的工作往往是為了在一個珍視演講人才能的機構中，做正當的投資，它卻永遠不會不給演講人帶來好處。這是因為那些坐在那兒為您的演講著迷的非營利事業和慈善董事會董事，其正式的職位往往是您最想接觸的機構的副董事長、總經理等高級主管。

介紹所推薦它們先前已見到過的演講人，會比較放心。新聞記者和當地無線電台的脫口秀主持人，更可能以文字報導或訪談對社區有影響力的人，這些群體永遠值得投資。您要像為一位付酬金的客戶工作一樣，好好準備您的演講，因為這些群體是通往付酬金客戶的途徑。

第二條規則是發表。想辦法讓您的名字印出來。這份印刷品不必是《戰爭與和平》（*War and Peace*），也不必為《紐約書評》（*The New York Review of Books*）。設法在每週新聞、政府商業出版品，或協會通訊上刊出關於您演講主題的一篇文章。如果您一個月寫兩次二頁長的文章，那麼一年便是二十四篇。如果其中四分之一為人接受，那麼您每年便可刊出六篇文章，也就是隔一個月一篇，其中還不算進別人請您寫的或最初接受過您文章的人一再請您寫的。當然，您一個月總共可以寫上三篇文章，而其中三分之一被人接受刊出。同時使用發表的與未發表的文章作為媒介體。未發表的文章應該整整齊齊的在您的電腦上印出來。

仔細聽著：如果您寫作，使用那些不論是已發表或未發表的結果。不要浪費任何氣力。可能的主顧會對與他們營業有關的重要文章，留有深刻印象，尤其如果這樣的文章寫得好，見解獨特。每一篇文章都要有重點，一篇文章長三、四頁就可以，但是要有一個特定的主題，如促進協調合作、如何淘汰有問題的雇員、更快的回應顧客的抱怨等。

第三條規則是建立關係的網絡。您如何能及早迎合買主的需要？您如何使他們放心購買您的服務？出席他們所出席的行業協會集會；閱讀他們所閱讀的出版品；在談論他們行業的通訊中發表文章；參加其中有在他們哪兒工作的人參加的俱樂部、場合和協會；在涉及他們的團體的工作項目中，擔任義務工作。

演講人的天性是健談的，您天生應該參加社交場合和商業集會。參加這些聚會讓人家知道您，建立關係，這是惠而不費的推銷術。

設法接觸這些買主

如果上述各點您都已經做到，那麼您便已經遇到可能的買主。繼續建立這個關係，探詢這個潛在客戶的營業。善於聽遠勝於善於講。

找出關鍵的問題是什麼、主要的困難、希望改革的地方，以及競爭性的挑戰是什麼。繼續探求，一直到您可以開始在您能夠提出的價值建議與潛在客戶感覺最需要的確切結果之間，私下建立聯繫為止。當您知道這位潛在客戶真正珍視的是什麼（如較高的盈利率、較大的協調合作、減少消耗、改進溝通、突出的公關形象等）以後，便可以提出您的見解和想法，並且協助他創造更多的需要。

當您認為您已經探索了潛在客戶需要什麼、提出洞見、在您的價值與相關的結果之間建立起堅實的關係，並建立了彼此之間信任的關係以後，便可以說出您心中想說的話。把這個意思用筆寫下來，以便買主可以從容的研發您的貢獻是什麼，而他投資回報又會是什麼。

也許您會被拒絕。我們大家都會被拒絕。當您被拒絕時，請做兩件很少人做過的事：

• 問一問您為什麼會被拒絕，以便您知道您的差錯在哪兒，下次可以改正。

• 繼續維繫這個關係。

今天對您說「不」的人，將來往往會說「是」。為了正當理由對您說「不」的人，也許有同樣正當的理由把您介紹給別人。

您也許會被接受。我們大家都會被接受。當您被接受時，做兩件很少人做的事：

• 問一問您為什麼會得到這筆生意。

• 繼續維繫這份關係。

現在您可以在比較親密的基礎上繼續建立這種關係。我們常集中太多注意力於我們失敗的原因，而不十分注意我們成功的原因。只有找出為什麼我們被選中的原因，我們才可以再接再厲，以同樣的步驟和辦法達成更多的成功。

維持雷達系統

所有的演講人，在某些時候都會感到很惶恐，認為客戶比他們知道得更多。在我做許多最成功的演講以前，我往往會短暫的以為我一開講便會被攆下台。

成功之道在於提供「作業過程」的技巧，使人們可以運用他們已經擁有的「內容」知識，如表二所示：

表二　過程技巧運用內容知識

內容知識	×	過程技巧	=	結果
・汽車		・做決定		・利潤
・化學藥品		・解決問題		・生產力
・保險		・磋商		・士氣
・銀行業		・訪問		・安全
・電子儀器		・輔導		・形象

作業過程是恆常不變的，可以應用在許多行業，這是為什麼我認為專門化是最不好的事。如果您以內容專家自居（如何製造汽車、如何用電話銷售），那麼您不僅將自己的領域限制在那些內容方面，而且您在那些方面的知識必須比行家還要豐富。內容專家的價值是在於更豐富的內容知識。過程專家的價值是他們的工具，而內容專家不知道如何使用這樣的工具。

有些演講人的價值是其內容知識。他們是財務、法律細節、化學分析等的專家。但是大多數的演講人是催化劑，可以為所有機構中已有的燃料，提供渦輪增壓。有些人會向您說：「您不懂我們這一行。」對於這個問題可以有兩個回應的辦法。

第一個回應的辦法是，您知道他們的營業留不住好的員工、外表的形象不佳、缺乏革新，或任何其他您所發現的作業過程需要。這樣說會立刻搔到癢處，使注意力集中到問題上，而非集中到您的經驗上。

第二個回應的辦法是要通曉這個行業，而不必是個專家。如果您將注意力集中到您最著重的目標，那麼您的目標字彙便會日有增加。譬如，如果您的目標是保險業，那麼學一學什麼是「解約」。

您的「雷達系統」必須儘量涵蓋一切。為了要接觸到潛在的客戶、買主和各種機會，您必須隨時保持警覺。這表示您識別他們的辦法不能侷限於不必要的範圍狹窄、不應錯認目標、不能有盲點。如果您只是偶爾在您的雷達系統上看到「目標點」，那麼很可能您的儀器有限制或已損壞。照我的估計，將近百分之九十八的演講人都是獨自營業的人，沒有推銷人員、宣傳人員或銷售代表。努力按照您的價值建議和與買主需要的關係。選擇您的市場，演講人最大的市場敵人是他們自己的怠惰和缺乏創造力。

3

決定您在此領域中的位置

「您是一條魚。您說不會游泳是什麼意思？」

只有生活本身是全職的工作

職業演說家之間，經常為一個人如何由兼職演說家的身分晉升到全職演講人的身分爭辯不休。事實上，資深演說家深信兩件事情，而這兩件事情卻是無可救藥的錯誤，就像許多偉大的信念一般。韋爾（Oscar Wilde）說的好，一件事情不會只因為有人願意為之而死，就是真的。

- 「偉大信念」1：除非你成為全職的演說家，否則你就不是職業演說家，你在這一行中，就尚未出師。
- 「偉大信念」2：你待得愈久，你就愈棒。

我記得在一九八〇年代後期第一次出席演說家的會議。所有的大人物都在那兒。當我在雞尾酒會上去拿飲料的時候，一位自命不凡的人物走過來，向我作自我介紹。他在看到我「新來者」的名牌以後，親切的告訴我如果我仔細觀察資深的演說家，以他們為導師並對他們致敬，有一天運氣來了我便會像他們一樣成功，那個時候我一年賺五十萬美元，並不是一個乳臭未乾、話也說不清楚的人，但是他的成功標準是年齡和在這一行的資歷。我成功的標準是能取悅能在銀行兌現支票的人。同行的賞識很好，但它不能償付抵押、很少給買主留下印象。不要告訴我您已擁有了這一行多少的獎狀，您的大名以後有多少優異的頭銜。告訴我說您將如何讓我的事業愈做愈好。

您演說的次數多頻繁並不重要，因為我們都是兼職的演說家。沒有人一星期演說五次，一年演說五十次，全都是為了錢。如果您的酬金是每次演講一萬美元，而您每週演講一次，這樣您只要花百分之二十的時間便會賺到五十萬美元。聽起來很荒謬是不是？好吧，一週講兩次也是一樣。甚至每次演講各賺一千美元，也可以讓您賺到十萬美元，而且您可以有三天和週末做別的事（不錯，我知道推銷、準備、練習等時間的投資。我們在下面還會談到這些，不過情形不如大多數人認知的那麼壞）。

去年我演講了五十幾次，過去五年間平均就是這樣。在過去十年間，演講的收入在我的全部收入中由四分之一增加到三分之一。我是一名兼職演講人，許多人用我五十天賺來的收入便可以過得很好。

> **重要的不是您已講了多少或您已講了多久。**
> **重要的是您講得多麼好和如何有效的達成買主的目標。當然這也是索費的問題。**

我們在下一章再談費用，但是我們談到「全職謬見」的時候，我們順便反駁一下另一種荒謬的看法。在這一行中，有一個重要的規矩是，當求過於供的時候您應該提高費用。這好像是說您應該游離岸邊一直到再看到陸地為止。大海茫茫，一年的時間也夠多了。在這種情形下，一星期的供給是五日嗎？事實上，你或許可以兩天演說一次，甚至逢週末演說。或許供給是一年演說七百次？供求是商品的度量器，不是價值的度量器。當您對買主的價值增加以後再提高您的酬金，不論您一年演說多少次。

如果全職與兼職等於演講成功，那是不是等於說一個人可以做別的工作而同時也做一名演說家？當然是。讓我們舉一個極端的例子。假設您從事一份早上九時上班下午五時下班的傳統工作，每週做四十小時。然而，您也設法在夜晚和週末（或假期中）得到在當地演講的機會。如果您因這些演講得到酬金，那麼您便是一名職業演講人，而您也許會很滿意這樣的安排。問題的所在不是您的生活方式或您選擇如何花您的時間，而是您在講台上能不能賺到足夠的錢。

太多的演講人浪費太多的時間，想要求出如何離開他們現在的職業或減少他們花在別的事情上的時間，以便多花時間在職業性的演講上，好像這個本身便是目的似的。如果演講是您全部的職業，那麼您自然會被它吸引，因為滿足感、工作機會和投入會造成這種演變，但是您不能勉強。

魚在水中游，演講人演講，沒有人會質疑一條在休息中的魚說，「看來您沒有在游水，因而此刻我們不接受您是一條魚。」

在這一行日久會使您年紀大一點，但不一定更好

不要被演講這一行的大小和範圍嚇住。有一些人是得到介紹所的擁護，有關係，在行業會議上風光八面。但是我卻看到過比老資格更好的新面孔。許多老資格似乎所靠的是知名度和陳腐的表演，而不設法因應他們當時顧客的商業挑戰。

目前大約有七千五百個行業協會、工會、職業會社和技術群體每年舉行會議，有些年年舉行幾十次會議。如果我們加上美國十二萬個企業以及其會議和集會，即使排除掉那些不請外人來演講的，還是可以合理的假定每年職業演講人的集會超過十萬個。

集會這一行需要新的人才，沒有集會策劃人願意永遠只是讓那幾個老人演講。每一個介紹所都希望引介給客戶新的面孔和新的題目。不要誤以為您得受長期的學徒訓練而後小心的往上爬方能成功，如果您想爬這座山，很好，但是是有直升機可以使用的。

一個演員最悲慘的命運就是人們對其刻板印象，認為他只能演以前演過的那類角色，這個情形嚴重的限制其他事業的發展。資深演藝人員往往絆跌進一個成功的陷阱，他們在裡面可以建立其地位，但是最後卻成為受害人。演講人也不應讓人有刻板印象，如果您新出道，那您的包袱便比較輕。

所以，拋棄這些所謂的「偉大信念」吧！無論您一年演講多少次，或您在演講這一行已經多少年都無關緊要。唯一重要的是有買主僱用您，您能幫他們達到目標，而因此得到酬金。

十項增加您生意的辦法

下面我們將簡單介紹十項增加演講者生意的辦法，這些辦法適用於剛開始從事演說或已從事演說的演講者，讓他們能迅速擴大營業，更容易成功。

永遠不要回答「您講的是些什麼？」這個問題

您應該注意的永遠是能為客戶完成些什麼。您的焦點不在於您做什麼，而在於顧客的利益。不要說您有多好，談談買主需要些什麼。尤其，不要過早且隨便的把您的吸引力侷限在一個狹窄的範圍，給人家一個「題目單子」便會侷限您的吸引力。

好好準備，但不要狂熱的準備

「不要苛求完美」與良好的準備同樣重要。我們任何人的一篇演講永遠不會成為歷史的轉捩點。如果運氣好，有些演講可以改進一點個人的職業與個人生活。百分之九十五的準備與百分之一百的準備，對於顧客而言，差異是極其微小的，是感覺不出來的。但是要使準備的程度由百分之九十五增加到百之一百，需要花的氣力卻是非常巨大，比由百分之七十五增加到百分之九十五大得多。

我知道這是一種異端邪說，但現在是把完美的幻想放在一邊的時候了，也是把伴隨它的狂熱準備放在一邊的時候了。我們不是在製造太空梭。我們甚至不是在製造一輛汽車。當您準備百分之九十五的時候，您的幻燈片都預先看過一遍，安放好了；放映機也準備了後備的燈泡；您已按照聽眾調整好您要舉的例子；您在時間上已能伸縮自如以配合在您之前登台者的進度。這樣就夠了。

一個最好的準備辦法，是在一星期左右以前錄下您的講詞，而後聽上幾遍。每一次練習一點隨便放進去的臨時穿插，想一想在每一個段落安插視覺輔助教具，並且設法讓整個演講更順暢。當您聽厭了以後，您已準備就緒。

遵循基本成年人學習的需要

成年人的學習，其順序一般如表三所示。此一順序，並不能當做死板的公式，但其的確反映了人類學習的過程。我們聽人講可能有用的資訊，實際操作以探索其用途，接收關於我們使用或表現的回饋，而後把它應用在真實生活中。沒有最後這一步，就是學院式的。

討論的方面可以包括幽默、聽眾的參與，以及許許多多其他的辦法。練習部分可以包括習題、角色的扮演、遊戲和模擬，或者它可以簡單到使某人集中注意力於一個概念如何應用。回饋可為練習提供更多見解需要，它可以是自我回饋，同事或演講人的回饋。應用的意思是說聽眾比只坐在那兒聽你講做得更多一點。

表三　成年人學習的順序

討論 →	練習 →	回饋 →	應用
·演講	·獨自	·自我	·立即
·交互行動	·結隊	·夥伴	·事後
·示範	·心理上	·演講人	·獨立
·舉例	·用文字書寫	·事後	·其他

這些步驟主要是用在短訓班而非主題演講，但是它們可以用在所有成年人的學習需要上。

瞭解「激發演講人」扮演的角色

激發是內在的，它是由內部推展出來，它是一種行動的意願，根據對於行動的重要性與其將使人滿足的信念。我不能激發您，您只能激發您自己。然而，我或許可以協助建立促成您激發的環境與氣氛。

每一位好的演講人都是激發演講人，因為他協助人們採取行動。激發與自尊乃糾纏在一起。當有人得到確實的技巧，因使用這樣的技巧獲得成功而一再使用時（參考前節），他的自尊心乃提高。在本質上，我愈成功便愈覺得自己不錯，我愈覺得自己不錯，我便會愈成功。但這是一套邏輯，影響這個循環的關鍵，在於提供許多個別技巧，我可以依賴它們成功。（如圖一）

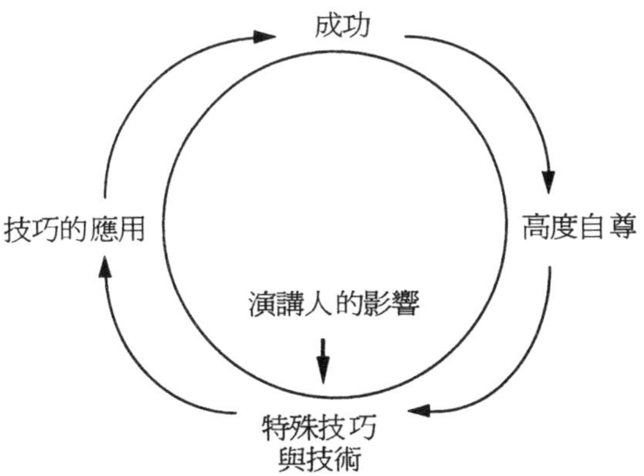

圖一　激發的循環模式

只有當您有要點要說時，才談論自己

在職業演講人中間，談論自己的技術，已由一項雕蟲小技變為一項相當吸引人的技術。當我們在講台上，談到我們自己和我們的經驗時，我們往往由謙虛的說法走向自我中心的誇大。

我曾看見過演講人在舞台上忍不住哭起來（夜復一夜，永遠是在舞台上的那一個地方，誠懇得不得了，一秒也不差的在四十六秒鐘以後恢復平靜）。我曾看見過演講人邀請他們已十年未見面的父母出來和他們一起站在台上，看見過演講人談他們的私生活、與疾病的奮鬥與失敗經過，以及我實在不想聽的他們內心的問題。

如果您說自己可以有助於聽眾改善其生活，那麼可以說說自己。告訴我您以前很窮而現在富有（想來您是因告訴我這個故事而賺錢），除非我也能用您所使用的技術致富，否則便對我沒有什麼妙處。告訴我您的傷心事、疾病、損失或興敗榮枯，可使您每週發洩一次，可是，除非我能把它和我的生活情形聯繫起來，否則便對我沒有益處，雖然我很高興您再度團圓、克服災難或康復，可是就長期來說，對我較好的技術，是明天我可以用來銷售更多的商品，更長於管理我的時間，更能與別人溝通，更擅長帶領工作人員的技術。

有些人在談論演講術時，主張演講人與聽眾的關係是與聽眾需要協助與演講人需要讚許有關，我認為這種互相依賴的說法是不對的。我認為演講人與聽眾的關係是基於共有價值（我們想改進）、信任（演講人的話有事實的根據）、實用（這些是有用的技術），以及相干性（他的話可以用到我們身上）。如果您這位演講人想要人讚許，那麼去看一位心理醫生吧。

如果您寂寞，可以養一隻狗；如果您要練習，去找一些自願的聽眾；然而，只有當您自認為可以改進一個人或機構的福祉時，您才應該去找一個客戶。

培養與兩個演講人介紹所的關係，把它們當可能的客戶來看待

演講人介紹所不是銀行中的存款，愈多愈好。它們是銀行，除非您先與幾個有親密的關係，您不要與十幾個有臨時關係。

在第七章中，我將談到與介紹所共事最精明的方法。但是現在，如果您過去沒有與介紹所搭上什麼邊，或著您不滿意您工作介紹的量與質，下面是幾條準則：

• 永遠要先與介紹所的負責人建立關係。您日後可能與他的屬下共事，但您需要先得到業主個人對您的信任。

• 雖然您是在臥室或書房中工作，對一個介紹所卻不要這麼寬大。您要一個有許多工作人員和複雜設備的介紹所。如果您在上班時間打過去電話，卻很少能與真的人談話（都是語音答錄），那這個介紹所便是太小了。

• 給介紹所一份收費表，上面列出各種可能的情形，以便介紹所替您交涉的時候，可以有一點伸縮性（譬如，如果客戶住在您附近方圓一百哩之內，酬金可以打折）。

• 找一位介紹所代表或負責人認識的居間人為您說項。保證人和介紹信對找買主有用對找介紹所也一樣有用。

• 想請介紹所為您介紹工作，要和他們談他們介紹您會對他們有什麼樣的結果，而非是對您有什麼好處。「我知道您們在財經界很活躍，我在抵押借貸方面工作過五年，我認識一些策劃集會的人，我很樂意介紹您們與他們相識。」送一個可能的客戶給他們，這樣的豐厚禮物比一直求差事更能引人注意。

有話要說再寫，然後要常常寫

不要使用第二手的資料，因為它們常會導致極大的錯誤。要找您自己的資料，更重要的，要形成您自己的意見。用心朝四處看看，消化您所看到的。一個人在家中工作會更緊張嗎？大家共同做的決定比較不好嗎？大半的訓練在幾個月以後就不管用了嗎？不要怕提反對的意見，但是要害怕您的意見陳腐。

寫作可以使您表達思想、檢查您的認識過程，並且使您的概念更清晰。您的作品能不能發表無關緊要，不過寫比不寫有機會發表。寫作與演講相輔相成。

只發揮和運用個人的軼事趣聞和故事

在我們的私生活中，故事、事件、瑣事，以及家庭、朋友和陌生人的小事隨處都是。把它們隨手記下來，把它們錄音下來，為您自己創造一個記憶它們的辦法（我有一個「軼事檔」）。週期性的翻閱，選擇那些可以證明一個論點或突顯一個概念的軼事。您可以隨意修改潤飾。畢竟，這是您自己的故事。重要的是對聽眾的情況有所改善，不是個人歷史的真實性。

絕不要丟掉這個軼事趣聞檔案。甚至現在看上去似乎沒有什麼用的軼事趣聞，在您有所成長、演說生涯不斷發表、客戶有所改變，以及社會有所變化以後，它們可能又成為精彩的出發點。這個檔案最多不過佔一點地方，但是如果您將它丟掉，您便永遠失去它。

沒有人能抄襲您個人的故事，不論還有什麼別人和您同台，先後發表演講，這些故事都會使您的講詞有獨特的風味。好好的蒐集和孕育您人生的故事，它們將是您無盡的資產。

控制您的自我

不要每一次都想成為別人注意力的中心。我們的成功事實上是在於溝通，也就是對話。如果您不是站在講台上，不要以為您非得成為別人注意力的中心不可。即使您是在講台上，您也不過是一個導體而非英雄。

您或許有一則故事，比前一個演講者的故事還要精彩。留到以後再說，不要想占盡風光。您或許去過很多地方、賺過更高的酬金，碰過更難對付的聽眾，或者有過更傷心的旅行經驗。可是那又怎麼樣？讓別人在他們朋友面前也出出風頭。

我所見到過的最佳演講人，是非常會傾聽別人談話的人。他們不在講台上時，便不必在講台的中心。他們不必告訴您他們做過些什麼，因為他們的成就已說明一切。

我很喜歡一位飛機駕駛員。他非常能幹也有非常豐富的經驗。在一次越洋飛行以後，當他把載有五百人，價值一千六百萬美元的七四七客機安全降落在機場以後，對乘客說：「謝謝您搭乘我們的飛機，我們很榮幸為您服務，下次請再惠顧。」這便是謙卑。很少人能這樣。

要瞭解有時錯在聽眾，不要放在心上

有幾次演講我真不想接，情況是客戶和我都很誠懇，但是情形一團糟。譬如，我面對的聽眾有的在酒吧裡泡了兩個鐘頭才剛出來；有的在激烈的競爭壓力以後剛獲頒獎；有的剛聽到可怕的消息；有的聽過太多演講，或參加過太多的活動，其中若干無聊沉悶；有的無緣無故就發脾氣。

我不埋怨客戶，我更不埋怨我自己，我盡力而為而後離場，我只能這樣做，我說您也只能這樣做。

如果您自己沒有充分的準備、忘記或讀錯台詞，或出言不遜，那是您的錯，您應該把錢還給客戶。但是如果您已經盡了力，那麼當沒有事一樣回家去。有些聽眾是無法取悅的，不論您怎麼做都一樣，您只能盡力而為。

唯一真正的不幸是您讓它在未來影響您。您在演講這一行愈久，便會遭遇愈多這樣的障礙。我每一、兩年便會遇到一次，把錢花了，把這事忘了，繼續過日子。這一行不關別人認為什麼是完美的，或個人好惡，它是要您自己做充分準備和盡力而為。

揚帆待發

這一節乃為那些在演講業新出道，或不活躍的人而寫。一旦您上了道，成功了一點，便比較容易改變方向。然而如果您停滯不動，便無法決定方向。

給您自己增加力量的辦法有很多，包括：

- 替一家研討訓練公司工作。
- 獲得贊助。
- 揀起另一位演講人所不要的生意。
- 做義工以求曝光。

・拓展您的活動範圍。
・做一名後備的演講人。

替一家研討訓練公司工作

不少非常成功的演講人是由這些公司起步。它們在全國各地舉辦很便宜的研討會，時間通常為一天，聽眾每人取費三十九到九十九美元。它們聘用演講人與訓練人，這些人構成「教員」。

研討會公司獨自編纂或購買其課程的教材，教員不必攜帶自己的講義。您讀教材，在一位資深的教員協助下練習，而後便可登台演說了。公司會要求您工作一個基本的天數（如每月工作十天），它也保障您有這麼多天的工作。酬金不高，此刻是一次研討講論會美金四百元，不過表現得好的演講人也有例外，外加賣書和錄音帶，還給您佣金。

為這樣的公司做事，好處是在全國各地曝光，得到面對各種各樣聽眾的經驗，有保障的現金收益，學到新的概念，而您至少有一半的時間去找工作擔任職業演講人。壞處是您一半的時間身不由己，常常要旅行，待遇很低，您在研討會上做什麼會受到限制，而且不斷受到監視。整體而言，如果您把它們看作您未來事業的暫時橋樑，這樣的安排是很有用的。

獲得贊助

有些機構付錢給一個演講人，代表它們出席發言。蘋果電腦公司（Apple Computer）或許會聘人為學校群體在課室講解科技最好的使用辦法；一家傳播公司或許會聘人為警察局和消防隊講解危機的管理等。

這些不是為了努力推銷，這些有教育價值的演講，其贊助人是為了增加其知名度、商譽和長期的營業，而支持這樣的活動。使用一位職業演講人而非公司發言人，可以創造較非銷售性的氛圍，而比較像專業性的講解。

這種演講的好處，包括有保障的工作、曝光，可以用您自己的概念和技術去支持您贊助人的需要等。視這個機構的性質而異，酬金可以很微薄，也可以不錯。壞處是在聽眾中或許沒有購買您未來演講的買主，而別人也許會把您看作只是某方面的專家。

贊助的機構幾乎從不會主動來找您，您最好的辦法是找一個使用這種策略的公司，而後自薦給買主，很少人積極的這麼做。如果您能達成他們的目標，他們會全神貫注的聽您的。

揀起另一位演講人所不要的生意

我們大家在達到某一個程度的成功以後，都會有一些不想受理的生意。如果您是一個新出道找工作的人，設法接觸這樣的演講人。我不是說您應該每一個星期就給他們打一個電話要求施捨，因為如果您不給他們回報，您便會是這樣。和他們發展出您與一個客戶、介紹所或銀行家那種可能的關係。您能替一位演講人做一點研究，以回報他們在有自己不能答應做的生意時第一個給您打電話嗎？他們需要人在辦公室幫幫忙，找個臨時人員，請人幫忙使用電腦嗎？

與三、四個忙碌的人演講人建立這種關係，而後您便可以經常得到他們所不要的工作。如果您很好，那便可以「借題發揮」，而在聽眾中建立信譽。您的酬金將不是一個問題，因為與他們最初想的那位演講人相比，您總是比較便宜，而您或許會得到比他們當初直接聘請您更高的酬金。

做義工以求曝光

每一種服務機構、社區群體、社交俱樂部、青年群體以及地方性專業會社，都需要演講人，尤其是免費的演講人。做這種義務演講人的關鍵，是在於選擇聽眾中有潛在客戶的群體。給這些群體演講的金科玉律很簡單：一定要帶很多業務名片，譬如，扶輪社的社員中通常有小生意人和大機構的經理以及社區的領袖。城市機構，其董事與委員中照例有大企業的領袖。偶爾這些單位至少會付一點酬金，但是曝光比這一點謝禮重要。

最近我對受虐待婦女收容院董事會發表義務演講，協助他們決定他們的策略和目標。有一位董事是第二大警察隊的隊長，他立刻聘請我給他所有的高級警員再講一次。這樣的事常常發生，但是您不站在這些群體面前演講便不會發生。

拓展您的活動範圍

設想將您的技巧用於更寬廣的範圍。一位演講人也可以做研討會調停人、集會主席、大學訪問講師、發言人、討論會主持人，您可以擔任任何需要在舞台上溝通技巧的工作。如果您讓人家認識您，您可以做各種各樣的工作，這些工作可能和您演講人的形象不一致，但是它們讓您在人前曝光，看到您的人日後或許會需要請您充當演講人。

做一名後備的演講人

大多數的新出道演講人都不瞭解這一點。有些機構到時候沒有人登台會重大的損失，您必須把您的姓名，證件和能做些什麼的單子留一份給他們。將您的姓名告訴當地演講人介紹所、旅館宴會經理、公司集會策劃人、服務機構、報紙專欄作家、脫口秀主持人，以及任何可能聘用或影響別人聘用外來演講人的人。

根據我的經驗，在這個情形下，您將不會和任何人競爭。告訴人家說有個後備演講人總是好的，臨時通知您演講，您將得到原定演講人酬金百分之七十五。

我經常上無線電節目，在本地無線電播音室接受訪問。有一天，我曾上過兩次節目的那位脫口主持人告訴我說她將去度假。她說：「您廣播得非常好，代我主持一天如何？」

我因此當了三小時的脫口秀主持人。製作人不斷在耳機中小聲說：「不要忘了推銷您最近所寫的那本書。」

是的，我想我可以。

魚兒游水，但在不同的觀賞者面前有不同的游法

要在這一行成功，沒有一個單一的萬能辦法。羅素曾經說過：「對於任何事不要有絕對的把握，即使是我告訴你怎麼辦也不例外。」

職業演講人協助許多機構改進其狀況。他們以種種方法來達成這個目的，使用種種不同的技巧。您必須瞭解您的聽眾有什麼需要，運用適當的技巧。不要理會那些大嗓門的人，他們趾高氣揚，宣佈您必須專精一個方面、必須為酬金而演講、必須做一個全職演講人、必須透過介紹所找工作、您必須每天吃麥麩。

您唯一「必須」做的是要有伸縮性，不要排除對您未來事業發展有利的各種可能性。

沒有什麼像成功一樣有成功的滋味。不要聽那些愚蠢的說教，相反的，觀察各種各樣的成功者做了些什麼，而後也跟著做。

觀察那些您景仰的人做了些什麼。觀察各種各樣的人，採用那些與您最有關係的技術，或許其中有幾樣可以有助於您的發展。透過這樣的探索，您可以決定您對客戶真正的價值所在，確立您取費的標準，與這種價值相當的收費。

4

訂定酬金額

「您值多少錢？」

「您得多少錢？」

按鐘點計酬，沒有人值很多錢

許多讀者一拿到本書便先翻看這一章，這是好事，不過我希望您們看完這一章以後，也回頭看看前面的文章。

按鐘點計酬，沒有人值很多錢，為我修理汽車的工人每個鐘頭替他的工廠賺進七十五美元；有些演講人一場主題演說的酬金是七千五百美元。

前參謀聯席會議主席科倫・鮑威爾（Colin Powell）在正式集會上發表一個鐘頭的演講酬金是七萬五千美元左右。這個價錢是最貴的主題演說的十倍，是上述修理汽車工人的千倍。這是怎麼回事？鮑威爾比他們多十倍或二十倍人生經驗、技巧、準備工作、智力和能力嗎？

當然，在講台上的一個鐘頭事實上不是我們任何人給予客戶的價值，但是我們堅持按這個時間商品計酬，而不按我們真實的價值計酬。實際上，修理汽車的工人索價七十五美元，是因為他在修理汽車上的經驗、訓練和專長。他也給您的汽車做預防性的維護，並確保車子離開他的車廠以後可以很久不會故障。這個過程對您、對我和對鮑威爾來說都是一樣的。

聽眾前來聽一小時的主題演講，但是花錢買您這場演講的主辦單位，是為了下列因素中的幾項，我稱它為「價值單」，因為它代表主辦的買主認為您一場演講的價值所在。

價值單

- 您在這行的名聲。
- 您發表演說的才能。
- 您特殊的知識或辦法。
- 您所提供的視覺輔助教具或示範。
- 您對於這一行的聽眾演說的能力。
- 您將傳授給聽眾的技巧。
- 您的經驗、故事、軼事趣聞和幽默。
- 聽眾用您的演講而產行為上的改變。
- 您的演講對生意的幫助。

・您所創造的參考點將成為未來長期的焦點。
・您引起聽眾重新考慮立場。
・其他公司對您的看法。
・聽眾的談話中所產生的激勵。
・您所能提供的團結、方向和目的感。
・您的信譽。
・您個人的成就和業績。
・您是否能做個模範人物。
・客戶對您根本上的信任。

您所擁有的這些因子愈多，您的價值便愈高。如果您好好想一下，便會知道鮑威爾將軍這些因素完全具備；那位七千五百美元主題演講人具備大多數，您具備多少？

請注意：我所列舉的有價值的因子主要是集中在過去和未來。雖然有一些項目是嚴格屬於現在的，如講台技巧和發表的能力，可是甚至這些也是您過去訓練、經驗和練習的結果。易言之，您對於買主的價值主要在於兩方面：

1. 您的過去經驗與發展，這些會造就您今日表達的好壞。
2. 客戶因您在講台上的時間而得到的長期結果。

若干因素產生了您目前對您客戶的價值，也產生了許多技巧、行為、信念與辦法。聽眾在聽了您的演講之後，照您的話去做便會對生意有永久的益處。而您真正的價值，是在於獨特的組合這些因素。在台上這個鐘頭的本身只是個偶然，它只不過是一個傳達的工具，使您自己的過去可以裨益聽眾的未來。

講台只是一個傳達工具，使演說的人可以將他自己由過去經驗所累積到的價值，傳送到聽眾的未來。

由買主的觀點來看，演說所涉及的基本過程，應如圖二所示。您有責任讓買主明白，他所得到的價值不是在於一個鐘頭或半天的談話，而是在於過去您所做的許多工作，和不斷累積一直到長遠未來的結果。我們所買的名牌藥品，製造起來是不花很多錢的，說實在離其售價很遠。然而，大製藥廠如麥克（Merck）、普強（Upjohn）和布瑞斯・邁爾斯（Bristol-Myers），研發上花了數百萬的錢，最後才能把可靠、安全和方便使用的藥品賣給

演講人的過去	目前介入活動	客戶的未來
・經驗	・主題演說	・較高生產率
・教育	・短訓班	・較低磨損
・成就	・講論會	・較高士氣
・發展	・主持討論會	・形象改良
・旅行	・訓練	・較佳表現
・工作履歷		・較大市場百分比
・信念		・較大利潤
・勝／敗		・較大成就
・風險／災難		・較多革新
・試驗		・解決問題
		・顧客較愉快
		・最佳服務

作業過程流動 →

圖二　價值作業過程

顧客。而藥品對您的病情會有長遠的效應——或是治癒，或是改善病情。

演講的過程和藥物的研究製造過程沒有什麼兩樣。我們不是花錢買阿斯匹靈膠囊，而是花錢買它的研製工作，與它對我們健康的裨益。買主不應花錢買一個鐘頭的演講，而是應該花錢買創造它價值的長期過程，以及它對於一個機構長期的裨益。

訂立高酬金額的關鍵，是在於在買主的眼中確立高價值。這一點我們必須說得很清楚，因為大多數的演講人將注意力集中在錯誤的結果上。價值與滿堂喝采和在以十為滿分的反應問卷上得九點九分，關係很小。買主唯一關心的是他的目的有沒有達到，達到多少。除非演講人著重聽眾的評分，否則評分是沒有什麼關係的。銷售量的增加，較低的開銷與創新，比聽眾給演講人的評分重要得多。評分只關係相當短的時間，但結果卻與這個公司的未來有關。如果您將注意力集中到自己身上，則買主可能不僱用您。如果您將注意力集中到買主所得到結果上，則他會一而再、再而三的僱用您。

因此，下列幾點非常重要：

1. 瞭解您自己能提供什麼樣的價值。
2. 將您的價值轉化為對任何客戶而言是具有長期的裨益。
3. 向買主說明，以便他可以得到同樣的結論。
4. 只有到這個時候，才提出您能提供的有哪些不同的價值。

仔細聽著：是買主在簽支票

請注意：當我提到爭取生意的時候，我很少提到「顧客」或「客戶」。這是因為買主是關鍵，而演講人往往完全摸不清誰是真正的買主。買主是那個可以批准一張支票（在原始文化中是真正簽這張支票）的人。在較小的機構中，這個買主往往居於高位，但是在較大的機構中，他不一定在什麼地方。職銜很容易騙人。

在演講這一行，大家一向很注意策劃集會的人。在大多數的情形，集會策劃人事實上只是決定是否可行的買主或執行買主，並不是經濟買主。我這話的意思是說，集會策劃人受限於嚴格的預算（由此預算的買主決定）。買主付他錢，給他報酬，讓他把開支限制在這個預算之內。集會策劃人往往是低級職員，很少參與公司的決策或分部的任務。他們總是把演講人當商品來評估，看演講人能否配合時間的安排和一定的預算。

演講人介紹所往往與集會策劃人聯絡。如果您透過介紹所，那您便不會錯過可能的買主，因為介紹所會替您接洽。但是如果是您自己接洽，就不要理會集會策劃人，而是要集中注意力於經濟買主——這些買主自己集中注意力於成果。您可以向他們解釋和兜售您的價值和成果。買主拿薪水要向上級交出成果，因而他們會去找錢支付任何可以幫他們創造成果的人。他們只有一個簡單的想法：由投資收回利潤。

儘可能向經濟買主自薦。如果先見到的是斟酌可行性的買主或斟酌如何辦理的買主，那麼就想辦法利用這個入門的機會接近經濟買主。介紹所通常注意集會策劃人的市場，不過好的介紹所也向經濟買主推薦。

演講人或受僱與這一行有關的推銷人員，首先要做的是與經濟買主建立關係。其次是接觸可以介紹您認識經濟買主的介紹所，不過要知道介紹所總是與集會策劃人共事。再其次（也就是有時間或有機遇的時候），您才接觸集會策劃人。如果您認為這條路也可以通到經濟買主，接觸接觸也有好處。根據我的經驗，大多數的演講人本末倒置，使得他們耗盡稀少的資源得到的卻是低報酬。

因此，正確的步驟應該是：

1. 瞭解您自己能提供什麼樣的價值。
2. 將您的價值轉化為對任何客戶而言是具有長期的裨益。
3. 在您所要爭取的客戶中，尋找經濟買主。
4. 向買主說明，以便他可以得到同樣的結論。

5.只有到這個時候，才提出您能提供的有哪些不同的價值。

想接觸經濟買主很不容易

找經濟買主之所以必須，是因為只有他才能瞭解就所能造成的結果而言，您有什麼價值。他也會在這個基礎上做投資的決定。不這樣，您便會變成一種普通的商品。

當您面對經濟買主時，如何認出他是經濟買主？以下的問題，我認為在識別真正的經濟買主上是很有用的。您不需要問所有的問題，而只應當選擇適合您自己問的問題。我自己習於開門見山的問：「出資的人是您嗎？」

找經濟買主問的問題

- 誰的預算支付這一投資？
- 誰評定最後的結果？

- 參與的人通常向誰報告？
- 這篇演講關乎誰的目標？
- 哪一位高級職員在集會上宣佈開會和散會？
- 誰批准最後的節目單？
- 您將做決定，或向另外一個人推薦？
- 如果節目單上有衝突，誰做最後的決定？
- 參與者的成敗，對於誰的影響最大？

委員會很少是經濟買主，它們照定義上來說是評估和推薦的人。

如果我們規規矩矩問這些問題，但卻發現對方只不過是個守門人，而他又不許我們與經濟買主談話，那該怎麼辦？我們都曾碰見過大廈的守衛。他們長篇大套的述說主管有多忙，但是他們實際上的神聖責任，只是讓決策者得不到可以達成高品質決定所需要的資訊。我們就因這醜行知難而退了嗎？還是我們衝破這些防禦工事？

去拿您的梯子和爬牆用具。下面是您如何說服守門人，讓他或是把門打開，或是讓開路由您自己把門打開。

如何讓擋駕的人允許您見到經濟買主

- 我必須保證讓這位買主達到目的。
- 我必須保證不提無法達成的期望。
- 我必須確保，我提供的價值能得到充分的瞭解。
- 我的演說方向必須於合他的作風、主題、哲學和議題。
- 為了合乎倫理，我必須會見投資金錢的人。
- 讓您替我去推銷是不公平的。
- 有一些技術性的問題只有我能解釋。
- 我非聽到他的策略和戰術不可。
- 在我們都聽到他的意見以後，您和我可以合作。
- 我對每一個客戶都是如此，這是為什麼有人推薦我。
- 在這一行，傑出的專業人士都這麼做。
- 這是為了保護他的利益；目標有時會改變。

・這完全是為了品質，除非我見到他，便不能與他共事。

設若這些辦法都不管用，您或許可以直接與經濟買主接觸，把這些話和他說。您的確是冒了觸怒守門人的危險，或許也冒了失去這樁可能得到的生意的危險。然而，不冒險便無所獲。與經濟買主方面，並與他達成協議非常重要，因為他們是唯一可以瞭解您能提供些什麼價值的人。他可以瞭解做適當的投資對於他的機構會有什麼長遠的結果。

提供答案皆屬「是」的選擇

如果您是與不對的人打交道，或者您不能建立價值和結果的關係，那麼根本談不上收費的。然而，如果您這些都顧到了，那麼我們便到了最後的一步：

1. 瞭解您自己能提供什麼樣的價值。
2. 將您的價值轉化為對任何客戶而言是具有長期的裨益。
3. 在您所要爭取的客戶中，找到經濟買主。
4. 向買主說明，以便他可以得到同樣的結論。
5. 只有到這個時後，才提出您能提供的有哪些不同的價值。

您絕對不要讓買主做聘不聘用您的決定，而是要讓他決定如何用您的各種服務。為了達到這個目的，您必須對買主提供各種選擇。您控制這個商談的過程。如果您提出各種選項，那麼買主會考慮這些選項。如果您不提出，買主不大可能說「為什麼我們不設想出一個些可能聘用您的方式，以便我可以在裡面挑一種方式聘用您？」

這並沒有什麼深奧的道理。買主將根據他自己的利害行事，您必須與他建立互惠的關係，您與他利害一致，他便會僱用您。

如果買主是決定如何用您而非用不用您，那麼您受聘的機會便增加十倍。您是唯一控制這個過程的人。

兩個事例

假設買主考慮請您在一次年度大會上，做兩個鐘頭的分組演講。買主的預算是請人做三次分組演講，每次三千五百美元，在大會開幕和閉幕典禮上請人各做一次主題演講，每次六千五百美元。以下是您可能的選擇：

- 照預定計畫在分組會議上做一次演講，收費三千五百美元。
- 在兩個分組會議上，以不同的題目各做一次演講收費共六千美元，替客戶節省一千美元。
- 做一次主題演講、一次分組演講收費八千美元，替客戶省二千美元。
- 做一次分組會議上的演講。當參與者稍後分為若干工作團隊，主持這些團隊的研討會，收費五千美元。
- 做一次分組會議上的演講，再安插一個客戶所計畫排在節目後面的顧客小組討論會，收費五千美元。
- 使用前面各種情形的不同組合方式。

現在，假設有人考慮請您在一個機構內，做僅僅一次的主題演說（或激勵性或幽默講話），因而沒有其他的演講人或集會。他們沒有現成的預算。下面是當他們只考慮您一個人時，您可能提出的建議和申請：

- 發表他們所建議的演說，收費五千美元。
- 預先接觸可能前來聽這次演講的聽眾，根據他們目前所關心的事和輕重緩急擬定您的講稿，收費六千美元。

- 授權客戶複製您所提供的資料，在其機構內散發，收費五千五百美元。
- 允許客戶把您的談話作成錄音帶或錄影帶，在其機構內散發，收費六千五百到七千五百美元。
- 演講會後三十天對參與者提供郵寄資料，加強說明您的重點和協助他們應用您的技巧，收費六千五百美元。
- 與客戶公司管理人員面談，將他們的評語和關懷放進您的演講，並且在演講中引導聽眾配合客戶公司的策略，收費六千美元。
- 讓聽眾回答一份調查文件，而後替買主比較這份文件與您其他聽眾所填的問卷文件，收費七千五百美元。

如果您把所有這些「添加」進去，那麼一個鐘頭的全部收費將是一萬四千美元，因此，我提議您把所有這些「添加」都提供給客戶參考選擇，一個鐘頭收費一萬二千美元。您或許有更多的選擇，有不一樣的收費方式，但這並不是重點。關鍵的問題是：在每一次與買主接觸、在每一次申請，以及在所有您的文件中，您都列出這樣的選項嗎？

許多人問我，當可能的買主問到「您取費多少？」時應該如何回答。正確的答案是：「我不知道，您的需要是什麼？」如果您以一個數字作為回答，那麼您便是承認您只按時間計酬。如果您反問一個問題，那麼您便是告訴顧客要達到這些目標的方法不只一種。

在以上兩個例子中，最壞的情形不過是買主不聘用您。稍微好一點的情況，是買主以基礎酬金聘用您。最好的情況，是您在實際的工作上稍微加上一點氣力，便可以使酬金大增（在第二個例子中是增加百分之一百四十），而且使買主覺得您所提供的價值，有相對的增加。

切記：討論不要針對收費，而要針對價值。

增加您價值與酬金的二十九種方法

1. 有價值與否是由客戶來決定。提供對客戶有價值的東西，而不是對您自己有價值的東西。因此，暫時不要提您的特長，因為它們也許不適合客戶想要達到的目的。

2.價值乃以感覺中值多少錢為基礎。以您的成就（您的成績）建立您的信譽，不是以您認為能做什麼建立您的信譽。推薦信與客戶名單比諾言和計畫更有分量。

3.以目標（如銷售量增加、較高的員工士氣）的達成為收費的基礎，而不以完成的任務（當如曾舉辦訓練）為收費的基礎。

4.以時間單位為收費標準總會比您真實的價值為少。絕不要按照鐘點、天數或節目收費。

5.不要擔心是不是有人只買您一次演講；注意建立長期的顧客。

6.願意放棄一樁生意。就買主而言，最能增加您價值的，莫過於您是根據公平與合作關係下判斷，而非不計一切的想要急切獲利。

7.您以為照您的價值該收多少費用便收多少費用。客戶會認為一名以七百五十美元聘來的演講人只是一小筆花費，而一名以七千五百美元聘來的演講人為一筆大投資和一份資產（這位客戶不會在意有多少人會去聽那個七百五十美元聘來的演講人的演講，但是他會親自到講堂來，帶領大家去聆受這份七千五百美金投資的教益）。

8.不要根據客戶明顯的需要列出您的服務項目。研究客戶召開這次集會的原因，而確定他真正的需要。

9. 與客戶共同合作找尋目標、成功的手段和期望的結果。合作人的價值很大，賣主的價值很小。

10. 絕不要在酬金上和客戶討價還價，而是要在價值上討價討價。如果客戶要您減少酬金，那麼問他應該取消哪些價值（如不訪問聽眾，不準備發給聽眾文件的稿子、不許錄音等）。

11. 提出各種選項，每一種代表一組不同的價值，使用這些選項組合。您不會把買主弄糊塗，您將使買主對這些可能的價值感到興趣。

12 絕不要讓人對您做簡單的「是」與「否」的決定，想辦法將「是否」提升到「如何」。

13. 以您最廉價的選項為受聘基線，而至少將一種選項弄得很大，包羅很廣，比基線選項大至少幾倍。什麼事都可能發生。

14. 永遠從買主的目標出發，這樣做會使討論集中在買主的需要上，使您可以天衣無縫的將您的演講建築在現有的需要和期望的結果之上。

15. 再多提議幾個目標**讓**買主考慮。

16. 一定要**讓**可能的**顧主和客戶**充分知道您有哪些服務項目。

17. 送出去的工作申請書必須是最終的確認而非探索性的文件。當您和買主在一起時，要和他在概念上達成協議，以便申請書只是簽字的一個形式的而已。您不可讓買主（或者更糟糕的是他的屬下），將這份申請書當成談判的工具，和其他的申請書做比較。

18. 不要覺得非及早提出酬金的數額不可。先弄清楚買主需要些什麼，以便您知道您提供些什麼樣的服務。

19. 拒絕過於麻煩的生意。當買主要求低廉酬金、額外免費服務與麻煩好付款方式逼得您發瘋時，不要和他繼續打交道。

20. 不要接受較低的酬金作為「敲門磚」。一個客戶看到提出的酬金額以後，總是想把它再壓低一點。一開始能提多高的酬金額便提多高的酬金額。

21. 不要去管市場大小，其他人的收費或討厭的「供需法則」那些無謂的事。您的收費取決於您為買主提供的價值。事情就是簡單。

22. 較高的收費使買主認為價值也較高。練習面無表情和充滿自信的提出您的收費額。

23. 在提出收費額時，要評估您自己獨特的背景和才能。

24. 如果您是透過介紹所找工作，要知道他們將扣您酬金的百分之二十五為佣金。把您的收費訂在合理的較高層次，以便如果介紹所真的為您創造新的工作機會，就讓他們得那百分之二十五。

25. 如果客戶給您造成不方便或有特殊的要求，多收一點費用。譬如，任何客戶約我在三十天以內發表演講，我便增加一點收費，因為這麼晚才告訴我會造成我排定工作日程上的困難，而且始料未及的讓我冷落家人。

26. 與您的介紹所商談佣金數額。如果介紹所只是介紹您，而您得自己和客戶商洽這筆生意，那麼可以付介紹所少於百分之二十五的佣金。

27. 如果有一筆生意您不喜歡，或不一定想要，那麼提高酬金額吧。我很不喜歡將一天的行程排得滿滿的，也很少再做這樣的節目。但是如果做整天的節目而可以得到很高的報酬，那麼各種不方便便神奇的消失。

28. 廉價的生意應該適可而止，把它介紹給用得到它、會做得更好以及會報答您的人。這種待遇差的工作會耗費您的精力，也會給您創造一個您不再需要的形象。一般而言，每兩年淘汰您最下面百分之十五的生意。

29. 即使您不在各種情形的工作項目中挑著做，也將您的演講分節為主題演講（最長九十分鐘）、短訓班（**最長半日**）和講論會（最長一整天），以便客戶可以選擇給您的酬勞。

儘快拿到酬金

大多數演講人都忽略這一個改進酬金的辦法。他們的錯誤在於對客戶說：「您想什麼時候付給我便什麼時候付給我。」在與客戶達成這次演講的效果和價值的協議以後，便規定付酬金的辦法。如果您不規定付酬金的辦法，客戶機構內部有人領薪來規定付給您酬金的辦法。

永遠設法在演講以前拿到全部酬金。這也許不一定辦得到，但是您不要求便一定辦不到。只要告訴客戶說您的方式是先收費，以便做許多準備工作，如演講設計：配合顧客的需要蒐集材料、與參與者面談等。

如果您不能在事先拿到全部酬金，那麼試著問一問打了百分之五或百分之十的折扣能不能先拿？打這樣的折扣是有道理的：

1. 您可以早早拿到錢花用，有時可以早一年。

2. 如果您已經拿了錢，客戶便不能取消生意。

至少，也要要求百分之五十的訂金，其餘在發表演講的時候領取。

付款辦法往往視您的政策而異。如果您沒有自己的方式，那麼便得遵照客戶的方式，而客戶的方式絕不是儘早付款給您。

以書面方式保障您的工作，但是作為補償，也寫明這個合約不能取消。這是做生意，而做生意有利潤。

總括來說，以您的演講如何可以協助客戶達成目標為基礎訂立收費的金額；向客戶提出您各種服務的項目，使得他可以決定如何用您而非用不用您；儘可能的快速拿到酬金。如果您這樣，便有可能賺一百萬美元。現在讓我們來看一看如何招攬生意。

5 高深的推銷術

「我想做一條大魚。」

「那麼到大池塘去吧。」

如何與介紹所共事：做奴隸不是個好辦法

在演講業中致富的關鍵是精明的工作，不是努力的工作。這表示您需要檢討您自己基本的信念、理解、假定與隱含的營業方法。很可能其中有一些是不正確或根本錯誤的。這是因為在這個行業中收費給人建議的人，多於好的演講人。美國的傑出演講人不多，讓我認為那一大群教練也不怎麼好。

一個最糟糕的假設是說，一名演講人與介紹所的關係是強制性的，而這種關係的特性乃由介紹所規定。下面這些關於和介紹所關係的事實，是與我們大家都相干的，不論我們與介紹所有沒有牽涉，或牽涉有多深。

五項挑戰您對介紹所的假設的事實

介紹所沒有演講人便不行，但是演講人可以不要介紹所

我瞭解是誰為我的價值付費，那絕不是介紹所。如果天下沒有介紹所我們一樣可以演

講，但是如果沒有演講人，介紹所便不能存在。因而，這必須是一種合作的關係，介紹所因為對您有價值，而由您客戶的付款中賺取佣金。

我曾經和許多介紹所的主管及業主談話，他們之中約有四分之一的人，毫不掩飾地表示，演講人是令他們最頭痛的，沒有演講人他們的工作就好辦了。他們待他們所代表的演講人為僱工，而視想請他們代表的人為挨家挨戶求售的騙子。他們不回這些演講人的電話，送來的資料也不肯說一聲收到了。

縱使您在演講這一行是生手，更不要說您是一位老資格、有買主直接和您接洽的演說家，趕快脫離那些不視您為有價值、有才能合夥的介紹所。即使是一位付您酬金的客戶，您也不應該受他的粗魯待遇和不敬，何況是要受您有付錢給他，讓他替您推銷的人的氣？

百分之二十五的佣金中沒有魔術

介紹所的標準收費是演講人酬金的百分之二十五。雖然有些演講人把酬金提高，以便在付了佣金以後，還有一樣的淨收入，可是這個辦法很不好。有些介紹所的佣金在百分之二十或百分之三十以上。如果他們賺取您酬金的三分之一，他們最好來您家替您洗洗窗子。

佣金是可以商量的。譬如，有一個介紹所將您的姓名介紹給一位可能的顧主、與您商量擬定符合客戶特殊需要的演講內容，並為您做成這筆生意，這些值很多錢，否則這筆生意您可能便得不到。相反的，如果一個介紹所只給您一個聯絡人的姓名，讓您去直接打電話兜攬生意，那麼介紹所的確替您做了一點服務，但是它的價值不大，因為您得自己做推銷的工作，而介紹所的目的是他們做大半的推銷工作。

> 如果一家介紹所不提供價值給您，那麼為什麼您付給他們您收入的百分之二十五？如果您繼續這樣做，則錯不在介紹所，而是您對這個關係處理不善。

介紹所的顧客是付錢給他們的那個人：您

我最討厭的一種胡說是，主張介紹所的顧客是找演講人的那個機構。買主不付錢給介紹所，而是您由您的酬金中付錢給介紹所──佣金來自演講人。

因而，如果一家介紹所堅持您不必與買主對話，對買主而言是不好的。因為您必須探索買主的需要並與對演講會結果負責的那個人建立關係，這些不是能透過居間人有效辦到的。與介紹所的關係必須是合作性的，而非有負擔義務的關係。您的講材不一定完全符合介紹所之意，但是如果介紹所認為，您與買主的接觸會造成對介紹所的不正當交易，那麼信任的程度便不足以促成有建設性的合作。

大多數的介紹所訂下一個演講的日期，要收取百分之二十五的保證金。這百分之二十五成為他們的佣金，剩下的百分之七十五在演講的時候付給您。然而，有些介紹所要百分之五十的保證金（這是件好事），但保留全部酬金，一直到您講過為止（這個很荒謬）。在這個情形下，百分之七十五應該立刻給您。

如果您允許他們，介紹所便支配別人對您的看法

買主想看到及評估實際情形，介紹所想讓他們看到和評估的卻是一種感覺。前面已經談到，您應該與經濟買主建立關係，而介紹所本身往往想與集會策劃人建立關係。

因而有一則流行的神話，演講人必須備有錄影帶，介紹所才會考慮給他介紹工作。然而，錄影帶對於集會策劃人決定「不選擇」誰是有用的。看三分鐘的錄影帶便決定集會策劃人是不是可以接受一個演講人的「外貌」和「台風」，是一件容易的事。由於錄影帶的使用愈來愈普通，集會策劃人遂可以把演講人當商品一樣比較，在不顧及真正實質的內容的

情況下做選擇。

介紹所也喜歡花錢讓演講人在幾十個集會策劃人面前試演。我很討厭這件事，因為我得津貼介紹所的推銷開支，在不對的買主面前登台，並和十幾個競爭者並列演講。那簡直是在兜售商品，簡直是肉市場的氣氛。

如果您賺的錢不夠付一個月的帳單，介紹所不會幫您度過難關。細聽他們對市場的忠告，而後自己決定您願意別人怎麼看您，您獨特的價值是什麼，以及如何建立與顧客的關係。

有些介紹所很了不起，有些介紹所很可怕

想要找到最好的介紹所，就去問一問經常與他們共事的那些演講人。不要認為介紹所只對演講的「品質」感興趣。甚至有些相當著名的介紹所，其主持人也以為演講人應該向他們下跪，求他們代理。

不幸的是，有許多自稱介紹所的人，事實上是單獨行動的人，在他們的臥室或廚桌上工作。雖然許多演講人也是單獨行動的人，但差別是介紹所收您酬金的百分之二十五替您找事。這表示介紹所除了一架電話和郵政信箱以外必須有其他的推銷辦法。一家介紹所應

該有職員去招徠潛在的客戶和研究機構、複製錄音帶、錄影帶和文件的設備、複雜的溝通媒體和電腦，確立商業接觸、一群穩定和快樂的演講人，以及許多合作和滿意的基本客戶。

建立與介紹所的良好關係：演講人的十點要求

1. 與介紹所的業主拉關係。其他的人可以替您介紹工作和推銷您，但是您只有與業主共事，才知道一家介紹所的價值觀念是否與您的價值觀念一致。
2. 索取介紹信和介紹所推銷資料的樣張。不要他們說什便相信什麼，想一想以他們的條件能不能做好您的代理。
3. 在您提供作為推銷用的資料和文件上註明您是誰。如果介紹所不信任您，便不要與他們來往。
4. 避免強制性的共同推銷投資。
5. 說明您在必要時將及早直接和可能的主顧談話，以便決定如何幫忙做成這樁生意（以及它適不適合您的技巧）。

6. 當您給介紹所留話時，要有心理準備他們會在辦公日子的當天或次晨回電話。他們有及早回應的職責。

7. 要求他們細心處理預定演講。一旦介紹所決定一樁生意無法做成，便將它由您的日曆上除去。

8. 確保除了介紹所的佣金以外，多出來的錢一收到便直接交給您，並且由客戶直接將開支付還給您。

9. 要求佣金要有伸縮性，有的時候一如附帶的諮商工作。附帶的生意可以少付一點酬金。

10. 避免只接觸一家介紹所。只有讓無數介紹所代表您，您才可以確保自己的彈性，找到您最好的生意。

建立與介紹所良好的關係：介紹所的十點要求

1. 對於您的能力要誠實。除非您可以為客戶提供良好的服務，否則不要接受分派的工作。您的表現要超乎他們原先的期望。介紹所的信譽是其主要的資產。

2.要別出心裁。不要用別人的資料，也不要用陳腐的廉價故事。聘請演講人的客戶通常很快便能看得出來您是否有創意。

3.早到遲退。讓當地的協調人知道您已經到了，演講結束時不要在掌聲中匆匆離去。避免趕場，不要在最後一刻才到達。

4.對於結果要誠實。如果有什麼問題，立即告知介紹所，不論是技術性的、人際關係上的，或後勤補給方面的問題。

5.您的講材要最新式，最專業化。提供當時的證明文件、高品質的小冊子和傳單。

6.與介紹所進行雙贏合作推銷。可以做一點宣傳，將印有您照片的印刷品寄出去，或分發一點您演講的錄音樣品。

7.當買主要求和您談話時便趕快和他談。好的介紹所知道什麼時候演講人的幾句話便可達成交易。不要讓買主乾等。

8.向介紹所推薦其他好的演講人。介紹所愈成功，便會水漲船高，帶動您也更成功。

9.審慎的將附帶的生意（在介紹所給您找的工作中，得到的生意門路或達成的交易）轉告給介紹所。這在合約和倫理上是必須的。

10.在收費上要維持一定的標準。如果要提高預定的酬金額，要事先提出詳細的通知。

第三者的贊助

精明的工作而非努力的工作，需要第三者的幫助。介紹所便是一種第三者。但是還有其他第三者較少為人利用。

譬如，全國各地的學院和大學都贊助行政補習課程、社區學習計畫，以及各種管理與小型企業研討會。雖然這些學院和大學常是由教授教課，但往往也聘請外面的教員、訓練師和演講人，而這個現象也擴大到私人企業和其他迎合一般公眾需要的其他教育群體。

我在凱斯西方儲備大學（Case Western Reserve University）的懷澤海管理學院（Weatherhead School of Management）任教。顧客來自各種贊助凱斯管理計畫的各種中大型機構，其中有公立的也有私立的，平均每天來聽我演講和與我共事的人約有一百人。

由學員所屬機構所得到的任何生意都是我的生意。此外，我可以把我的著作和錄音帶賣給任何感興趣的人。因此，情形便是：

- 凱斯付我酬金讓我登台，並把我列入他們的目錄。

・凱斯對我而言是絕佳的口碑。
・參加聽講的人可自由買我的書和錄音帶。
・由這種演講中所衍生的演講和顧問生意完全是我的。
・一切開支都有人代付。

實際上，我是拿錢去試演和推銷我的技術。而同時參與者過了豐富而滿足的學習的一天，在社區團體中間增加了信譽和生意。這豈不是一種雙贏？

我知道有些演講人說服保健機構贊助他們在退休住宅區演講；運動設備製造廠商贊助他們在青年群體中演講；高科技公司贊助他們在科技會議上就非科技的題目發表演講。

有一些本地的贊助人或許只付您不多的酬金，但是可以讓您在社區中許多重要決策者中間曝光。我曾在這樣的演講會上，遇見有一萬餘名員工的企業總經理，並且因此得到許多演講和顧問的生意。

最後，還有很多迎合各機構內部某些部分需要的學院和私立大學。譬如，維吉尼亞州瑞斯騰市（Reston）的美國新聞學院（American Press Institute），為幾乎任何與新聞媒體有關的人舉辦教育講習，由出版商到分類廣告的推銷人。它付外來的人員微薄的每日出差費，但是卻把您放在滿屋子可能聘請您的人面前，向買主推薦您，為您做宣傳。

行業協會推銷或拿錢做推銷

我對於透過贊助人和第三者做高度有效推銷的層級結構的看法如圖三所示：

對重要買主影響力遞增	
↑	全國性行業協會 ・健康業分銷者協會 ・國際財務計畫協會 ・美國銀行家協會
	地方與區域行業協會（或分會） ・明尼亞波里斯市人事協會 ・美國建築師協會休士頓分會 ・田納西州娛樂傳媒協會
	管理補習班 ・大學、學院、初級大學 ・私人補習班 ・政府支持（小型企業管理）
	本地非營利企業團體 ・扶輪社 ・商會 ・較佳商業局
	本地非營利社區團體 ・服務俱樂部 ・青年團體 ・家長教師聯盟

圖三　第三方面贊助的分級結構

最有報償潛力的第三贊助人，其特徵是：

- 付給演講人全部和正常的酬金。
- 聽眾中包括購買您服務的重要買主。
- 聽眾人數很多。
- 場合有威望、贊助人很受人尊敬。
- 節目中有其他的「號召力」。
- 您向大會致詞，不是進行分組討論。
- 在這個場合您可以出售書籍和錄音帶。

行業協會很富有。他們往往有一位集會策劃人，這位集會策劃人比私人團體集會策劃人的權力大得多，因行業協會存在的理由便是教育其會員。因此，會議和研討會是向會員說明其所繳會費和其所盡義務都很值得的場合。您或者是與協會的執行長打交道，或許是與這個機構的官員身兼集會策劃人打交道。

打開行業協會市場十個訣竅

1. 先和會員談談。打聽他們的利害和問題。
2. 展示獨特的非行業看法。各種討論會都被演講人用內容知識塞得滿滿的，往往非常沉悶。您要精通這一行，但是也要介紹您非行業的看法。
3. 創造一個情報檔案。使用您常用的商業讀物、電腦網路、參考資料，創造關於此行業的優點與缺點，其過去、現在，以及可能未來的「檔案」。
4. 您的辦法要有前瞻性。行業協會會員急切的想理解改變中的時代，尤其以瞬息萬變的行業（如保健業、電信業、旅遊業）為然，不要告訴他們一些他們已經知道的事情。
5. 引起爭論。不要怕唱反調，給他們一點話題，讓他們在辦公室提到您的姓名。
6. 製作一些有關他們那一行的聽覺教具和傳單。
7. 讓聽眾知道您是十分認真、用功的。

8. 專為一次集會製作傳單。要製作得讓聽眾想保留它。在封面上寫上會議的日期和您的講題，此外每一頁上都寫上您的姓名和聯絡的方法。

9. 多講幾次。譬如，行業協會喜歡在分組討論會這種比較親切的環境中，讓演講人做主題演講。請您講三次，比請三個人各講一次更省錢，而您亦可以多賺一些。

10. 善加利用您在行業協會上的演講。在行業協會演講是一種頗為專門的技巧，一旦您學會這種技巧，您所得到的讚賞使您可以受到更多行業協會的聘請。

出版與大辯論

如果您想在演講業中有大的發展，那麼您便必須出版。您在重要媒體中撰寫的文章，有下面的功用：

- 提高您的知名度和信譽。
- 讓您的宣傳資料袋裡有紮實的內容。
- 迫使您不斷滋生新的想法和確認舊的想法。

・由此得到名聲，可以進入更多的出版品。

・可以因此進入其他的媒體（無線電、電視、電腦網路）。

・一般的線索。

・您可以將這樣的文章在演講會中分發。

・構成未來您所著書籍的基礎。

・構成您未來產品的基礎。

如果您從來沒有發表過文章，那麼請使用圖四的樓梯技巧。

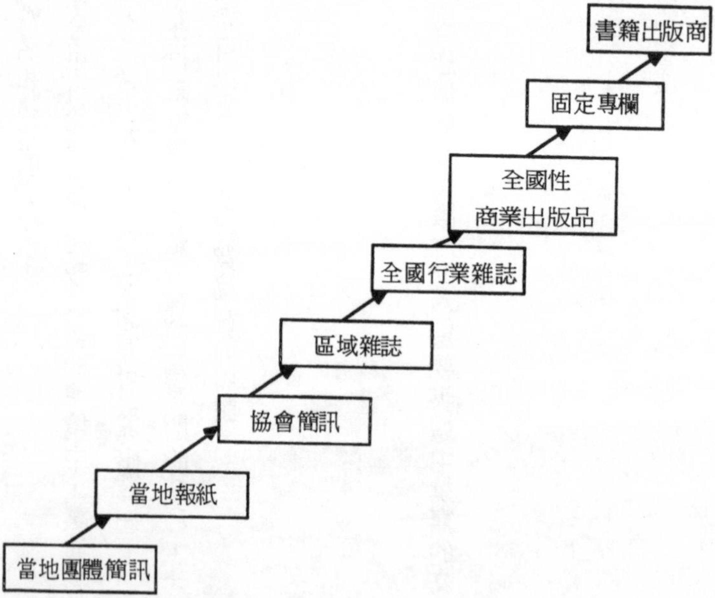

圖四　出版的樓梯方法

如何能讓一篇文章刊出

決定您想寫的課題是什麼

- 為什您是談這個課題的人？
- 這個課題如何能增進您的營業、名聲或地位？
- 這個課題在目前和未來幾個月為何重要？
- 不要怕提出反對的意見。

決定您在哪兒刊出這篇文章

- 您的聽眾是些什麼人，他們看些什麼？
- 不要怕問您的聽眾。
- 您投稿到哪兒最可能被刊出？
- 研究各種刊物及其風格。

一直等我瞭解到我的一篇文章正合《泰晤士報》的需要，我的文章才被刊出。在此之前，《泰晤士報》沒有刊出過我的文章。

預備一份職業性的問卷

- 寄給一位刊物編輯。
- 載明要寫的是什麼、為什麼要寫、所舉例子、獨特之處、長度和交稿日期。
- 要求告知寫作格式。
- 在信中放進一個回信信封，寫明您的地址、貼上郵票。
- 提出證件，包括您的學歷、資歷與成就，以及這篇文章的品質保證。
- 這一步工作比實際的文章還重要！

要像一位職業作家一樣寫作

- 使用明確的例子、姓名和地名。
- 自己動筆，並請人提出批評。

- 要合乎格式。
- 在末尾要加上您的自傳資料。
- 要求免費的抽印本、抽印許可或打折扣的抽印本。
- 不要自我宣傳；讓您的文章內容替您宣傳。
- 如果遭到退稿，再提出、再提出、再提出。
- 附上以前的文章。

附加評語

不要寫作得過份，您心中想的是一篇什麼便寫什麼，當您校閱的時候，會發現這篇文章是驚人的佳作。註明文章的出處，但不要過份引用參考資料，使人為之目眩；文章要具有批判性和分析性；讀者最喜歡煽動的言語，以及由新的角度來看事情；在適當的時候運用圖表，多用明喻和隱喻。

> 出版有一個簡單的原則：首先，要有想說的話。

所謂大辯論，是指您是否應該自己出版書籍。我的標準很簡單，在下列的情形，我便自己出版：

- 您想要讓您的作品產生最大的利潤。
- 您想在您的訓練班上分發。

但是在下列的情形，只透過一家知名的商業出版社出版：

- 您想要獲得買主的信賴。
- 您想建立一個具有權威的信譽。

請注意我在上述的情形中，沒有提到「自我的成就」。如果您需要告訴人家說您是一位作家，但是沒有什麼要說的話可賣給出版商，那麼把您想為了虛榮心而投資在出版上的金錢省下來，去看一位心理醫生吧！您得會開車才是一名駕駛。除非有別人花錢出版您的東西，否則您便不是一位作家。

如何使一本書可以出版

決定您要說的是什麼

- 您由教育、經驗、訓練、環境所獲得的專業知識。
- 您「綜合」各種不同事物的獨特能力。
- 您的想法、概念、理論和創新。

如果您提不出什麼建設性的想法，那麼就一個字也不要寫。

瞭解哪些出版商最可能會與您的想法一致

- 研究他們目前出售中的書。
- 請問他們的寫作格式。
- 請教出版界的人士。

不要虛誇或自己出版，那只是浪費時間，別人不會覺得您了不起。

預備一份大綱請出版商或代理人審查

- 為什麼由您寫？
- 為什麼寫這個課題？
- 為什麼以這個方式處理這個課題？
- 與它競爭的著作現在有哪些，為什麼您的這部書有需要？
- 聽眾是些什麼人？
- 什麼時候可以寫成？
- 這本書的特徵是些什麼？
- 在大綱中至少要包括引言和一章本文、目錄，以及其餘各章的摘要。

如果您不賣給出版商，您便永遠不會賣給讀者。

- 邀請客戶與受人尊敬的權威人士投稿。
- 使用一台尖端的電腦設備和軟體。
- 不要請人「捉刀」。如果別人替您寫書，誰還會需要您？
- 永遠站在讀者的觀點上去想。
- 給寫作排定時間表，就好像您為您的其他工作排定時間表一樣。
- 請一些您信任的人審查、批評和建議。
- 如果不是您自己的想法，一定要寫明出處。
- 要讓這本書在未來也能通行。記住，您交稿一年以後才會出版。

您的出版品代表您的價值觀念。您為您所寫的作品感到驕傲嗎？

附加評語

不要因退稿而畏縮，一投再投，找出被退稿的原因。還要記住，一本成功的商業書籍可以賣七千五百本。最後，要細讀合約，因為其上會載明作者可以享受的優待、有計畫的促銷活動、您可能的開支等。讓您的律師細讀合約書。

出版一本書最初需要投資相當多的時間，然而，您可以在飛機上和外埠的旅館中做需要的準備工作。一旦您踏進了這個領域，便會發現出版愈來愈容易，一方面因為您的技巧已經成熟，一方面因為您的信譽逐漸成長。樓梯方法也可以確保您變為一名作家，而避免落入反覆為有限聽眾或讀者出版的成功圈套。

推銷的時代精神

我發現這一行真正聰明的推銷人，不採用「步槍射」的辦法。我不贊同您只鎖定特定的促銷機會為目標，並且把精力完全集中在上面。依我的經驗，您要創造高知名度。這種知名度愈來愈高，以致若干年後，您已經常出現在公眾眼前。

不要成為「數字」辦法的受害人。有人問我，在我的網址上有多少「訪客」。我告訴他們說我不在乎這些。我真的不在乎。我只需要一位訪客，可以讓我再以一萬美元受聘演講的那位訪客。

或許您不能讓人人都滿意，但是我發現我使許多人相當滿意。就好像您在執業時不應限定在某一方面一樣，您在推銷上也不要限定在某一方面。如果您的時間和財力、精力許可，使用印刷媒體、義務工作、電腦網絡、郵件、演講人介紹所、簡訊、出版品、行業協會、贊助人、相關作品，以及任何可能的方法，推展您的演講事業。

我不相信我不能使人人都滿意，但是我知道我使許多人相當滿意。不要將您的機會限制在一個小範圍。

高深推銷術的最後一點，是要當心一般所謂「找出目前對您有用的辦法」。重要的是，找出未來對您可能有用的辦法。當心成功的圈套，因為在這個圈套中，過去的成功將您誘陷進一再重複和不具創意的現狀泥沼。跳進您所能找到的最大池塘，並且設法成為那個環境中最大的一條魚。參觀別的大魚，但不要邯鄲學步。追尋他們所追尋的，但是用您自己的方法。

6 僱用助理人員支持營業

「我去年演講了二百次。」

「那您為什麼怏怏不樂？」

「我丟得精光。」

助理人員不是人生的要素

自從一九九二年《百萬元的諮詢業》（*Million Dollar Consulting*）出版以後，有人便問我是不是真的沒有一個助理。畢竟，我們常聽到有些人勸新出道的演講人，請人協助行政工作。

謝天謝地，在我欣然發現我更喜歡保住我賺的錢以前，沒有人勸我這樣做。自從十一年前，我的妻子第一次問我：「為什麼要考慮租一間辦公室？」經營我剛成立諮詢和演講業務以來，我們兩個人便堅決拒絕發薪水給別人。我的薪水冊上只有我一個人，董事長、總經理和總裁都是我一個人兼任。

我有一種傳統想法，除非可以得到適當的報償，我不冒自僱業會有的各種危險。因此，我想保住我所賺到的錢，多年來，每年我總能設法保住百分之八十到九十的收入。我不在薪水簿上支付別人，而這是使我成為極少數大富翁之一的一大原因。

這是怎麼辦到的？下面是我主要的信條。

儘量找外面的臨時人員做事

我事實上有一群龐大的「實質上的助理人員」，因為我需要視情況，找人替我記帳、按訂貨單替客戶籌貨、回覆電話上的留話、寫信等。重要的一點是，他們都是有做事才拿錢，他們都是在一定的時間內做特定的工作才拿錢。我總是先弄清楚我不是他們唯一的顧客，以便他們不會變成我的僱員，因而我不需要給他們固定工資以外的福利。這樣，我可以付得起高的工資、得到最好的服務，還可以比僱用全職人員省錢。

除了您必須做的以外，什麼也不要做

我看到過許多演講人和顧問做許多瑣碎而與客戶的需要或福祉無關的事。我很清楚客戶要負責做許多行政和後勤的工作。我大量使用電話、傳真和電子郵件，這些快速又簡單。

使用有效的技術

譬如，也許讓您吃驚的是，我從來不追蹤我找到的每一個門路。我寄給他們一套印刷資料，裡面附上一個打給我不花錢的電話號碼，並且把他們的姓名加進我的郵寄名單中。照我的經驗，他們要麼根據我們最初的接觸僱用我（或者至少給我一個回覆），要麼置之不理。追問幾乎是沒有用的，因此我已不再追問。此外，我投資在可以引起各種媒體注意的地方，因為我想讓買主來找我，不是反過來。就長期來說，這樣做並不會較昂貴，因為我的時間太寶貴，不能花在追逐顧客上。

利用技術性與非技術性的捷徑和長處

我每分鐘可以打六十個字；我的英文很好，信件或報告一遍就可以寫成，從來不打草稿；我的電話可以自動撥客戶的號碼；我的電腦除了替我做飯以外什麼都會做；我在手提包內放一具行動電話。

我絕不是勸您不要僱用助理人員。許多人之所以成就非凡，是因為他們擁有努力工作和忠心的全職幕僚。我只是說不論您生意做多大，省錢還是可以的。下一次您想僱人時，請仔細想想，因為您花在僱人上的錢，必須靠營業的增加才能賺回來，否則您就再也見不到這個錢了。

如果您已有一些助理人員，那麼想一想他們人數的多寡，甚至需不需要他們。照我的估計，花錢僱用全職助理人員的成功演說家不到百分之十五。

助理人員的五項基本和正當職能

推銷技巧

這名助理人員應該至少能處理被動的推銷，通常就是在您不在時打到您辦公室的電話。有的助理人員也許會說：「威斯先生會給您回電話。」有的也許會說：「您說的是什麼日子？什麼樣的聽眾？碰巧威斯先生那天有空，而且上個月才對那樣的聽眾演講過。您想讓我替您保留那一天嗎？您想讓我寄一份明確的資料和合同樣張給您嗎？」這兩種說法有重大的差別。

在理想的情形下，這名助理人員應該有確切的推銷技巧，可以找到可能的主顧，追蹤門路，打電話給不相識的人推銷，決定哪些接觸不需要您的協助便可以有結果，哪些接觸需要您的協助才可以有結果，哪些接觸就乾脆應該予以放棄。這名助理人員可以認出誰是真正的買主並與他建立關係。這些可以稱為電話推銷術。

行政技巧

這名助理人員應該擁有使用標準的辦公室技術的能力，包括創造電腦資料庫，打字技巧、職業性的電話禮貌、郵寄物品、書信往來、替您排定旅行的時間表。

如果您有助理人員，那麼要「巡邏」您自己的辦公室，或讓一位同事代您巡邏。測試文件寄出去有多快、線索的追蹤與接轉有多快、對於抱怨的處理如何等。

判斷

助理人員代表您。如果人們不是在您的自動化設備上留話，那麼他們便會有更不容易滿足的期待和標準。人是很滑稽的動物，因此，您辦公室的助理收到留言後必須立刻回電——最多在三小時之內。他們也應該評估客戶的抱怨是否有正當的理由。

您的助理人員應當可以完全遵照您的輕重緩急次序，排定您的工作和旅行時間表，而不需要您積極的參與。他們應該具職業性、能言善道，並與您的哲學和做事風格一致，有能力與同事、賣主、可能的主顧和客戶打交道。每次我碰見一位演講人的助理人員不能充分與人溝通時，都會大吃一驚。

創新的能力

在這「一人班」的行業中，所以要有助理人員，一個主要的理由是，得到回饋和質疑「我們一貫的作法」。您的助理人員應該持續的向您建議新穎、更有效和更具創造性的方法，以期獲得更好的成果。這個人應該熟知您的業務，或許比您更熟知，因為他每天由各種不同的角度觀察這個業務，而您同時在為下一次演講和一群新的聽眾做準備。

因此，這位助理人員是您應該尊敬和信任的，當您們探索新的構想時，要聽他的意見。如果您發現他沒有經常提出新的建議，或您不想與這位「行政助理」討論營業，那麼您便用錯人了。

增加盈利的效力

投資僱用助理人員，必須要在盈利方面得到有效的成長。如果您一年花四萬五千美元僱用助理人員，那麼一年的收入增加四萬五千元是根本不夠的，一年的盈利增加四萬五千元是收支平衡。我的勸告是您花在助理人員身上的錢，應該在盈利上賺三倍回來，否則這種投資便不值得。因為除了有形的可度量開銷以外，還有您花的時間、注意力和精力，這些無形和不可度量的開銷。

因此，助理人員必須以下列各種參與的方法，增加您盈利的潛力：

- 透過積極的給不相識的人打電話和推銷，獲得生意。
- 透過迅速和有效的追蹤，以獲得生意。
- 多多郵寄、與客戶接觸和回應客戶。
- 透過減少辦公時間，來獲得演講時間和生意的增加。
- 透過訪問和報導文字等的增加，使得知名度增加。
- 由於講詞創作中的新構想，而得到報酬更豐厚的演講邀請。

就一般經驗而論：演講和相關的活動應該可以維持您目前的生活方式，而以您自己的力量和名聲，您的生意每年應該成長百分之十到十五。這個時候，僱用助理人員是有道理的。首先，助理人員可以使您更容易成功。

在您有需要時才用助理：「正是時候」的演講人幫手

在一年中間，我通常把與我演講生意有關的下列工作外包給別人去做：

- 繪製圖表。
- 寄郵件給客戶。
- 保管郵寄名單。
- 製作傳單。
- 製作測驗和調查報告。
- 將與演講相關的作品寄給客戶。
- 回答電話（尤其是客戶的「熱線」）。
- 校訂視聽教材和配音。
- 電話訪談。
- 簡訊的格式化和校樣。

・資料和與演講相關作品的儲存。

您可以稱這個為「正是時候的幫手」，因為我是有需要的時候，才按需要程度花錢請人做事。這樣，我可以嚴密的控制開銷，而且可以控制和影響為我工作的人（我付款迅速，並且答應只要他們工作的品質令我滿意，而且嚴格按照我規定的時間交出成果，我便會繼續僱用他們），依照客戶的需要特別訂做，並且事實上有許多能幹的助理人員，使得可能的主顧看重。

我可像任何有全職助理人員的演講人一樣迅速的回應，而回應的方式至少和他們一樣好。這不是說我的方法比他們好或不好，但它使我的方法變成一個正當的選擇。

我發現找合適的約聘助理，往往是要在性情的投合與才能之間取捨。如果對方有才能，我可以容忍各種各樣的性情乃至於怪癖。然而我在品質、表現和才能上絕不這麼寬大。不論我與一個人有多合得來或者甚至喜歡與他共處，若他的工作品質不符合我的要求或不按時交稿是我所不能原諒的。

我所遇到過的分包工，百分之九十以上是按鐘點而非價值收費。因此，他們是一種固定的投資，並且他們向您收取的費用通常比他們對您真正的價值低。今日這個時代，小包工住在離您多遠已經不要緊，因為電子郵件、傳真和聯邦快遞，可以輕易彌補距離上的不便。因此，根據我的經驗，得到約聘助手的好方法是：

- 問一問其他的演講人，他們為了什麼目的僱用人？僱用誰？
- 問其他的執業者（律師、會計師、顧問），類似的工作他們僱用誰。
- 透過您當地的印刷業者、扶輪社、文具供應商、商會羅致助手。
- 在當地每週出一期的報紙上登一則廣告，說明您的需要。
- 把您的需要公佈在適當的電腦網路佈告上。
- 如果您看到什麼極好的東西，問問是哪兒來的。
- 注意協會簡訊中的廣告（或您自己在協會簡訊上登一則廣告）。
- 與有興趣的鄰居聊天。
- 調查當地大學的工讀和實習生情形。
- 調查當地學生找研究計畫的情形。

顧問與指導

在演講這一行，自來沒有人得到充分的回饋。我知道這話聽上去有一點奇怪，因為我們每週都面對聽眾，並且鼓勵他們填寫到處都有的回饋表格。但是用這樣的回應為您唯一或主要的評估資料，卻有兩點錯誤。

首先，聽眾的回饋不是來自買主。由於買主同時使用理智的與非理智的衝動來聘用您（邏輯驅使人思想，但情感激勵他們採取行動）。聽一聽這個人的反應是很重要的。

其次，聽眾很少知道他們期望的是什麼。買主的目標或許是讓他們震撼、激發或被驅迫採取行動，而不是娛樂他們、安慰他們或給他們安全感。每一名聽眾對其所聽到的都有一點不同的反應，因為他不知不覺的把聽到的演講與他自己的背景扯上關係。這是為什麼好的演講人使用多樣的故事和例子，設定訴諸各種經驗和看法。

錄下我們的演講詞自己聽一聽，是一種過於簡化和似是而非的忠告。我們的比較標準是非常有限的。聽我們自己的演講和設法定出如何改進，就好像是問了一個莫名其妙的問題：「鴨子有什麼不同？」不錯，鴨子有羽毛，但鵝也有。鴨子有蹼足，但是青蛙也有。鴨子會游水，但魚也會。鴨子會叫，可是召集鴨群的人也會模仿鴨子的叫聲。那麼，便沒有鴨子這種與眾不同的動物了？重要的是這個問題問錯了，它應該是，「鴨子有哪些與眾不同的地方？」（它比鵝小、青蛙不能飛、魚不在水面上游、召集鴨子的人不能與另一隻鴨子交配）。

我們需要包括外在比較標準的獨立回饋。否則我們在已經在做的事情上愈做愈好，但我們已經做的事可能成問題。

如果您想要成長，想要更專業，便需要高品質的外在忠告和指導的支持。如果您果真錄下您的演講詞，那麼把錄音帶寄給您信任的知己，一位您知道會給您坦白直率意見的人。如果您想知道您的演講技能是否在成長，找那些給您誠實回饋和忠告的人，那些不怕傷您感情的人。

五種具專業性、誠實回饋的來源

招募顧問群

招募一個顧問群，其中包括您尊重其判斷力的人，和熟悉您這一行的人，如您的財務策劃人、當地政客或學校董事、商業顧問、您的律師等。他們在地理上不必與您接近，因為有電子郵件和傳真。

告訴他們說，每年您最多有兩、三次求助於他們。在這些時候，把錄音帶寄給他們（如果您正在他們鄰近的地方演講，便邀他們來聽講），請他們評估您在這個行業應如何更上層樓。問他們您表現得好的是什麼地方，應該進一步發展的是什麼地方，什麼地方應該予以揚棄。

為了答謝他們，請他們吃頓飯、答應報答他們、送他們一份禮物。您不必接受他們的忠告，但是如果您不要求，便聽不到他們的忠告。

找出那些成功的演講人

找出那些您能認同的成功模範，花一點時間結交那些在您想要演講的機構演講的人，或者找那些其台風您讚賞，其知名度您留有深刻印象，或其商業才智您也很想具有的人。

發展出一個包括這些人的社交圈子，一年只和他們接觸幾次。不要設法仿效他們的風格或特徵，只請他們批評您的風格、營業和方向。這樣的回饋是您可以用來批評性的檢討您的進度。對他們好的不一定對您好，但是他們的見解乃來自一個高度有效的比較標準。

投資一種正式的指導關係

我們之中有一些人經常應邀給人忠告和指導，以致這樣的關係必須出諸正式諮商的形式。一般而言，這些關係集中導向特定的成長目標。您可以規定您想達到的目標是什麼，如滲透法人的市場、出版、提高酬金額等，您也可以決定諮商的時期是多久。

可以使您的投資有適當收益的專業導師，其特徵有：

- 本身是一位成功的演講人，不僅是一位導師而已。
- 在受諮商的時期隨時可以見到，不必是在指定的日期和時間。

- 「真正花時間」在實際的潛在客戶面前、酬金和登台協助您。
- 有採取行動的與追蹤這些行動的必備條件。
- 能提供您接觸的門路和關係，如書店經理和演講人介紹所負責人。
- 有其他演講人紮實的介紹信。

選擇一個提供回饋的專業人員的協會

譬如說，「全國演講人協會」（The National Speakers Association）。這個協會有大約三千五百名會員，從知名度很高的專業主題演講人和高收入的訓練專業人員，到稍微夠格的演講人和想當演講人的人都有。這是一個遇見可能同事、顧問和導師的好途徑。而當地分會的集會，為簡短的演出和由聽眾收到回饋，提供「大家注意力集中」的機會。類似的協會有「國際講台協會」（International Platform Association）、「職業演講人網絡」（Professional Speakers Network）等。

在電腦網路上求助

網路上有演講人閒聊網站、首頁、協會名單等資料。撥出一個上午去查一查網路的好處是，如果您有適當的設備和軟體，便可以在上面交換視覺教具、講稿抄本，真正的錄音和上網討論。

您可以接觸到一個自選顧問的網絡。他們可以提供您促銷交件的例子、對您演講的批評、對您商業計畫忠告、國際性的機會，以及許多其他可能很有用的回饋。如果您有上網的能力和意願，那麼坐在桌前便可以找到許多幫忙。

其他必須注意事項

有一些不屬於本書第二、三部，因而放在第一部最後一節的雜亂論點。這些話是我必須說的。

組成公司

不論您的營業有多大，一定要組成公司。組成公司有下列的好處：

- 一個法律上的機構可以借錢、起訴或被起訴（這樣您的個人資產便有了保障，這是一個喜好訴訟的社會）。
- 在我訂合約或回應別人演講的邀約時，可以擁有專業身分，有時還有優惠身分。
- 寫進您細則的法人團體福利，可以在諮商您律師以後包括健康保險計畫、公司車輛、退休計畫、董事會、董事費，以及其他法人團體的福利與額外津貼。
- 由繳稅以前的經費中支付合理的營業開支。

要組成公司可以找一位能幹的律師，他不花什麼力氣便可以辦到，律師費只要幾百元左右。

保險

除了您應該有的生活方式保險（健康保險、壽險、牙齒險、賠償責任庇護險等，視您的情形而異）以外，另有兩種保險是您必須買的：

錯誤和遺漏險

除了保險業者以外，我們大家稱這樣的保險為「瀆職險」。如果一位客戶控告您所提出的勸告妨害到它的公司，那麼「錯誤和遺漏險」便會保護您。由於現在愈來愈多人起訴求償而不討論和辯論，這種訴訟的可能性更大。顧問公司愈來愈被大力訟訴，而一位演講人的勸告可以被解釋為顧問諮商（我們許多人也是顧問）。

傷殘保險

在我們的事業中，傷病比死亡的可能性大得太多，但是很少有演講人瞭解傷病保險的重要性。選擇那些只要您不能充分恢復和正常工作便付錢給您的保險。法律和保險公司的程序，往往規定保險付給金額相當於您正常收入的某一個百分比，一般是百分之八十。和任何保險一樣，團體保險會比個人保險計畫便宜。許多行業協會都提供各種各樣的團體保險計畫，即使您得為此而少保一點壽險，您也不能不買傷殘保險。

做財務計畫

對許多人來說，做財務計畫是把支票存在銀行，把帳單付清。這不是做財務計畫，它有一個名稱：破產。

冒了與演講這一類企業有關風險而不求報償，是糊塗和不負責任的。雖然有些報償可能是立即的滿足感，您會覺得一直到老死您都會講下去，可是您還是應該有一個明智的長期財務安全計畫。

就教於一位第一流的財務計畫人，按照您的情形和目標草擬一份適當的計畫，忠實的把錢儲蓄進去，就好像您付房屋分期付款或當地的電費一樣。您可以有許多選擇，而法律也常有改變，因而時時留意什麼對您是最有利的。

與銀行的關係

我喜歡與一家銀行有職業也有私人的關係。尤其當您的生意成長和發達時，可以與銀行商量信貸的數額，由銀行取得介紹信、優惠的利率以及其他的特徵。

我個人的銀行家是在我的郵寄名單上。我一年和她見一、兩次面，我隨時告知她我的工作及其影響。

這種關係的另一好處是，您可以成為一名「私人銀行顧客」，您可以不在銀行排隊，容易取得透支保護，甚至請銀行支付您不留意開出去而不能兌現的支票。

幾句簡要的激勵話

我最後要說的事情非常簡單，但是卻往往為人所忽略——您要讓自己多麼成功便會多麼成功。

當您的營業起步時，不要還是認為自己是賺到第一張百元支票的那個演講人——那時本地的行業協會因為請不到別人才來請您。找您的人往往有所求——您的錢、您的忠告、您的支持、您的名聲。不要跟任何向您兜售的人買保險、退休計畫、忠告乃至鉛筆。

您是一位成功的人，舉止要像一位成功的人。這一行的智慧是開創自己的道路。

第二部

卓越的講材

7 選擇和拓寬您的話題

「您講的是些什麼？」

「您說這話是什麼意思？」

確立您的演出領域

在您做別的事以前，儘量迅速且誠實的回答下面的問題，不要花任何時間思考：

您講的是些什麼？

演講業同事最常被問的問題是世界上最壞的問題：「您講的是些什麼？」這個問題的可怕，是因為它立刻使您身陷窘境之內。

「您講的是些什麼？」

「我講顧客服務，生動而內容充實。」

「哪一行的顧客服務？」

「主要是金融服務，通常是抵押貸與機構。」

「講多久？」

「通常是三小時的短訓班。」

「您的客戶在哪兒？」

「大半在達拉斯／沃斯堡地區（Dallas / Fort Worth）。」

「那麼，您是在達拉斯地區替抵押貸與人舉辦半日的短訓班。如果有人有需要我會讓您知道。」

下面是同樣的遭遇，但是回答不一樣：

「您講的是些什麼？」

「我幫客戶改進其達到營運營業目標的能力。」

「在哪方面？」

「在各種各樣方面。」

「您的方法是什麼？」

「這要視客戶而異，因為每個客戶不一樣。您為什麼不告訴我您的情形和您的生意情況？我很樂意給您舉幾個例子，看我們如何共事。」

您演出的領域要儘可能的大。在第一個例子中，這個領域不過像郵票一般大小。在第二個例子中，這個領域無限大。在這兩者中間您可能最為愉快。

您們之中有許多人會想：「但是我有特殊擅長演講的內容與相關知識，我怎麼能什麼題目都講？」答案是您不能什麼都講，但如果您由客戶的觀點而非由您自己的觀點來看，那麼您能講的便比您以為能講的多得太多。永遠站在客戶的立場，研究怎樣能幫助客戶，這將使他的需要與您的能力有所聯繫。

永遠設法儘量擴大您演出的領域，因而增加您演出的次數。不要怕經常測試這個領域的邊界。

把您在本章一開始寫的片語放在「擴大作業紙」（如表四）的上方，而後擴大您的演出領域，以下面幾分鐘時間，儘量填寫這張作業紙。

您或許沒有填滿每一個空格，或者寫得太多，空格寫不下。但是在短短的幾分鐘之內，您已經相當的擴大了您演出的領域，並且增加了您的主題訴求群體種類。如果您經常的應用這個擴大過程，那麼便會發現我最初的回答：「我協助客戶得到營業的結果」，您也會相當喜歡。

表四　擴大作業紙

您講的是些什麼（習慣的回答）？____________________

您通常對什樣的群體演講？____________________

下面每一行填寫每一個問題的答案。

・您的講題是由哪些部分所構成（譬如，聽的技巧是「有效溝通」的一個部分）？

____________________　____________________

____________________　____________________

・這個講題的哪些方面牽涉到與講話不相干的結果（譬如，高成交率是關於「銷售技巧」講話的一個結果）？

____________________　____________________

____________________　____________________

・哪些參與者通常問的問題是您得預期和經常回答的（譬如，當您講「如何訂定輕重緩急次序」時，「我如何影響我的上司」是一個需要仔細回答的問題）？

____________________　____________________

____________________　____________________

・您用的視覺教具中，哪些最引起參與者的興趣？

____________________　____________________

____________________　____________________

・現在，根據您在以上各類中的回答，寫出可以由這些講題以及您在一開始所列講題受惠的四種群體。

____________________　____________________

____________________　____________________

在圖五中，我舉一簡單的營業課題為例（作決策），而後一層一層予以擴大，直到演出的領域，包括組織和計畫工作與人生的目標。依我看來，所有的層次只是建築於作決策的過程之上：訂立目標、提出替代方案、評估風險、檢驗決策。但是單單重視作決策，只能吸引一部分的買主，這些買主可能都會對擴大了的演出領域感到興趣。您演出領域的大小乃由您設計，然而，您一旦設計出來，潛在的客戶便不會設法予以擴大。

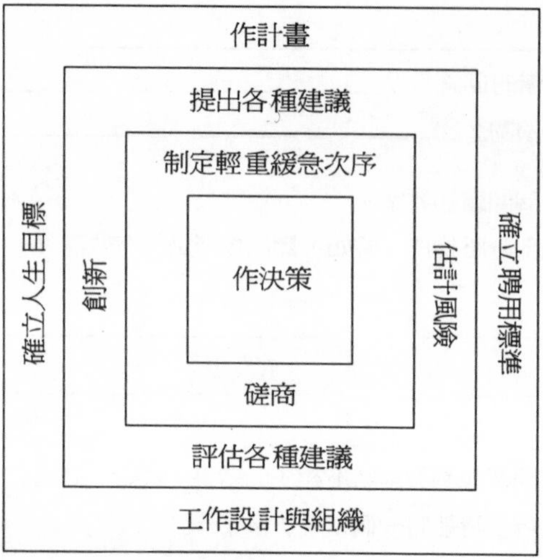

圖五　擴大演出領域的一法

作業過程對內容祕密的影響力

如何擴大我們的演出領域，使愈來愈多潛在買主感興趣的關鍵在於，瞭解我們乃是環繞作業過程建立內容。

過程

過程是一個順序、系統、設計、模型或方法，讓使用的人得到希望的結果。譬如，作決策的過程使一個人能夠想出新點子，解決問題。銷售的過程可以使一名售貨員更迅速而有效的得到生意。

內容

內容是過程中的特殊環境、主題或細節。換言之，克萊斯勒（Chrysler）公司的銷售過程涉及賣汽車，但是在西北信託（Northwestern Mutual）公司，它涉及賣保險。基本的銷售過程（認出買主的目的、展示價值等），卻是一樣的，不論一個人是賣車、賣保險，或是賣草坪肥料。

我們應當認識我們擅長的過程，而後將關於特殊買主、行業、聽眾，以及條件的內容環繞這個過程建立。

下面的「主題」是過程的例子，可以應用於各種各樣的人、地、機構和情形：

- 成立互助網絡
- 作決策
- 時間管理
- 精神性
- 演講技巧
- 建立工作團隊
- 顧客服務
- 誘導
- 幽默
- 倫理

- 磋商
- 解決問題
- 計畫
- 吸毒
- 寫作技巧
- 工藝技術
- 銷售技巧
- 媒體的利用
- 未來主義
- 健康
- 建立自尊
- 確立輕重緩急次序
- 建立形象
- 改變
- 聽的技巧

・創造力
・生產力
・領導才能
・多樣性
・事業管理

我可以繼續列下去，但在這三十項中，其實大部分都已包括在內。譬如說「作計畫」，不論用在一家律師事務所或一家製藥公司，雖然插進計畫過程的內容很不一樣，卻都是同一個過程。

內容跟著過程走。在「擴大作業紙」中，我請您舉一個您聽眾喜歡的視聽教具。在圖六中，我舉出一種，它是以過程為取向。

在這個有效行動的例子中，我採用了傳統雙軸的圖表，說明因果與過去和未來的時間架構互相糾結。如果您想消除一個目前問題的因（左上方），則改正的行動是必須的（如修補輪胎上的洞）。如果您只想迴避這個問題的後果，而不予以解決，那麼適應性的行動是必須的（如搭朋友的便車或開另一部車）。如果您想防止這樣的問題未來再發生，那麼便應採

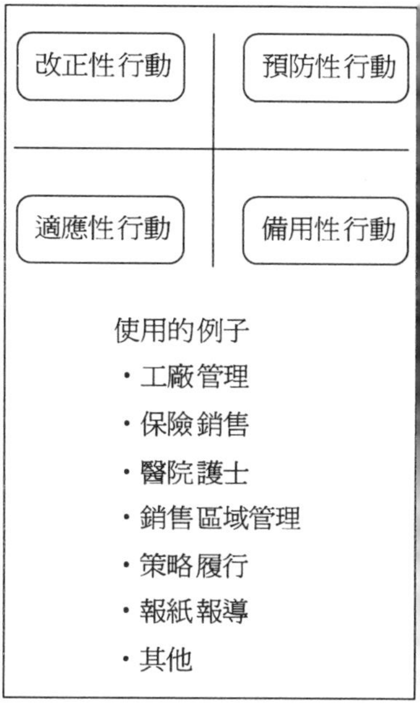

改正性行動
預防性行動
適應性行動
備用性行動
使用的例子
・工廠管理
・保險銷售
・醫院護士
・銷售區域管理
・策略履行
・報紙報導
・其他

圖六　普遍過程一例

取預防性行動（右上方）以求避免（如經常檢查輪胎、適時更換新輪胎、打氣要打得適當等）。然而，如果您的計畫全部失敗，而您需要在未來應付這個問題的後果，那麼您便應當採取備用性的行動以消除這些後果（最可能的辦法是在車尾放一個管用的備用輪胎）。

這個因與果和過去與未來的關係，可以用在任何個人或職業的情況。在上圖中，我列出若干我曾應用這些關係的情況，由工廠管理到醫院護士都包括在內。

演講者對演講主題的選擇，總會自我設限，認為自己沒有能力演講別的題目；然而，這正是問題的關鍵，必須要拓展您演講的訴求範圍。

我們大家都很樂意描寫我們演講的內容。不幸的是，這個內容只是我們可以在我們過程中傳達的全部價值中，一個微小的部分。

具有諷刺意味的是，如果您在這一行是個新人，您便可以更有力的認出較廣泛的過程，因您沒有多的「包袱」要丟掉。但是如果您是一位資深的演說家，您便應該花一點時間「解構」您的工作，以拓寬其吸引力。

我在新英格蘭有一位同事。他在聽了我講過程的價值以後，告訴我他得到很大的啟示。

他說：「我主持顧客服務講論會已經十年。我就算閉上眼睛也可以主持這樣的講論會。它們得到讚賞，但是我的營業沒有期望中那樣成功，而且老實說，我對演講已沒有什麼興趣了。在聽到您的一席話以後，我認識到我是在堅持以一種形式對一種企業演講，因為當我在十年前最初被僱用時，便是以這一種形式對這一種企業演講！」

人家聘請您，是要您就他們的情形，在他們的地盤，對他們的人演講，以達成他們的目的。這是對的。但是由於那些情形、地盤和目標隨客戶而有很大的差別，而一個客戶與另一個客戶的目標又有很大的差別，拒絕改變您談話的內容去以更佳的方式傳達您有價值的過程，卻是一點道理也沒有的。

講詞「適用期」的荒誕說法

有一次，我為冷泉銀行家房地產公司（Coldwell Banker）在全國各地就創新和創意思考發表一系列演講。這些演講非常成功。在講完一場以後，遷徙服務部門的總經理告訴我，他和他的屬下如何因為我提出的辦法而受益。

他說：「不過請告訴我，這些演講講詞的『適用期』有多長？我猜想為了讓講詞新穎，您必須常常加以更動。對職業演講人來說，這不是相當重大的投資嗎？」

我結結巴巴的湊了一個答案，使他十分欣喜，因為我避免告訴他冷酷的真實情形：我曾以各種不同的方式講這個講詞達十年之久，而且很可能再講十年。噢，我特殊的例子隨每一個客戶而異，而一般的例子也隨時改變以求入時。他認為我的講詞新穎而合時宜。這不就很好了嗎？

作業過程不會改變。有些演講人謀生的辦法是生動的描述馬克吐溫、愛因斯坦、林肯、富蘭克林這樣人物的性格特徵。這些歷史人物，其吸引力的主要原因之一，是他們所表現的智慧和機智以及他們所給我們的教訓，可以用在當年，也許更可用於今日。天下新穎的事情事實上相當少，但是，在面對一個不斷改變的世界、新的人口結構、新奇的環境、日增壓力以及新科技時，傳統觀念的應用，對於一個創新的演講人來說是經常的挑戰。人際關係的銷售技巧，一度為雅芳化妝品（Avon）公司挨家挨戶售貨員所採用。然而，因為現在大半的家庭夫婦都外出工作家中沒有人，這種銷售技巧已經逐漸式微。但是那些同樣的技巧，卻以各種不同的形式而仍可適用於零貨銷售員、電話推銷員等行業。情況和環境可能改變，但是基本的過程和技巧不變。

為什麼您很少因為使用常識而被拋棄

在我演講生涯的最初若干年，我經常擔心講了十分鐘左右，聽眾中便會有人站起來大叫：

「什麼呀？這簡直是廢話！為什麼您用我們熟知的事情來浪費我們的時間？您沒有什麼新的話可以講了嗎？」

有些概念和原則，我逐漸認為是每一個人應該已經知道的，不過在給別人講了幾年以後，由於沒有人抗議或動手把我拉下台來，我得到一個有價值的教訓：大多數的聽眾不一定知道您認為是明顯的事，而即使他們知道，也不會在意再聽一遍。有些人甚至請我重述他們已經聽過的故事。我曾傲慢的以為，我知道什麼對學習是最重要的，而這不包括重複。我認為我的工作是必須經常新穎和有娛樂價值。我花比實際所需更大的氣力，而得到的結果卻不盡滿意。

當可能的主顧觀看我先前演講的錄影帶時，我往往以為他們會說：「請照樣給我們講一遍，但依我們的行業、聽眾和文化而做下列的調整。」但他們沒有。他們往往說：「如果您可以給我們完全同樣的再講一遍，便好極了！」他們知道我有天賦的智慧：不會給鋼鐵業會議致開幕詞說：「和這麼多會計師相聚真是幸事。」只因為錄影帶上的那個群體是會計師。在內容和過程方面，顧客都指望您有常識。

我為避免使您的主題過於複雜，以及預防恐懼適用期耗竭，我提出下列方針：

- 將您的課題與最新的時尚聯繫。
- 所舉的例子只與特定的行業有關。
- 為每一個顧客給主題全新的命名。
- 使用頭緒紛繁和有錯綜複雜細節的圖表。
- 描寫它為得到結果的「唯一」方法。
- 假設聽眾不知道它或尚未這樣做。
- 假裝它是您自己的發明。
- 承認其中有些部分不一定適用於您的聽眾。
- 把您自我的需要與聽眾學習的需要融合。

不要

如果您對於您的工作和意向是誠懇的，便不會被攆出去。不錯，天下的新鮮事很少，但是如果您生動的講解給有才能、有興趣的參與者讓他們知道，什麼與他們環境和情形相關，便可以協助他們加強某些重要的作業過程。

世人缺乏的常識令人驚愕。您勸大家多動動腦筋，很少會惹上麻煩。

預言：十種擴展演出領域的資料泉源

每一位演講人或潛在的顧主，看到左列的文字時，至少會有下面的想法：

1. 我未來的講詞應該在哪一方面發展（我應當創造什麼樣的演出領域）？
2. 我目前發表的演講，應該往哪些方面發展（我應當如何擴展演出領域的疆界）？

許多關於講題的構想來自潛在的主顧和客戶本人；介紹所可以告訴您有些什麼新鮮的事情；行業協會的同事分享各種想法；每天的報章雜誌和電視無線電新聞，提供用之不竭的消息，告訴您哪些事情可能會影響您現在以及未來可能的客戶。

難以置信的是，甚至老練的演講人也常落入成功的陷阱，或變得極端懶惰，往往長期依靠過時和陳腐的演講材料，這些材料是大多數的聽眾多少聽過的。有些聽眾知道他們是在看踢躂舞，而精明的買主知道他們沒有得到多少價值。

我們往往安於現狀，在我們的成功中變得非常安逸，非常倦怠。因而有經驗的演講人不像新出道者那麼容易擴展其活動的領域，但是我們大家都必須定時研發這一需要。

下面是十種創造和擴展演出領域的資料泉源。這些是一般性的類別，不論您目前的焦點為何，實力如何，皆可適用。它們可以適用於您個人，或這一行其他的人。

意想不到的成功

若干年前，有人請我做一次餐後的頒獎演說，為我所曾屬的一個行業協會（去年我獲獎）頒最佳幽默獎。他們給我十五分鐘介紹和頒獎給這次獲獎的人。不幸的是，這位獲獎人當天患病不克出席。他是我的一位朋友，在座的人都認識他。我創造了一段滑稽的演講，這段演講我悉知有錄影，可以拿給他看。聽眾非常喜歡這段演講。

稍後當我看這段錄影帶時，發現它比我想像中好得多。我很喜歡它，它或許代表我的一個新領域。我把這段簡短的帶子寄給我的各家介紹所，把餐後演講加進我的資料。第二年，我發表了五次這樣的演講，每次三十到四十分鐘，每次拿的都是全額的主題演講費。

意想不到的失敗

有一次，我看到另外一位演講人黯然失敗。她想對一群人力資源會議的聽眾談策略的管理。她談「驅策力」和「核心能力」，可是聽眾不理會她，因為她的例子不適合這些職員。她的演講應當針對高級職員，然而大多數人力資源的專業人員，都是中級的管理員，無力影響推銷策略。

我知道我必須站在這些聽眾這邊。我演講一個領域是關於機構內的諮商技巧和企業精神，我所採取的立場是，我（一個外來的顧問）與管理人力資源的職員（內部的顧問）之間沒有什不同，唯一不同之處是我們如何得到這份生意。由於創造了這樣一個市場區隔的共事辦法而非威脅辦法（請外來顧問往往是由於機構以內的人沒有必要的技巧或信譽），我得以擴展聽眾，而在若干人力資源會議上作主題演講，也成為諮商技巧的專家。

意想不到的事件

這一點比較容易。閱讀報紙、行協會雜誌和週刊，出席協會會議，與您常接觸的人建立關係。總有些事會突然發生。

電纜公司目前被允許進入電話業，這個情形造成前所未有對某些顧客服務的需要。航空公司生意再度興隆，十年來首次需要顧用大量的人員，卻沒有請很多訓練人員。這個造成對外訓練人員的需要。

對於這些改變，您有沒有設法利用？還是被它們擊敗？

科技的改變

對於那些其專長限於科技公司的人來說，單是電腦網路便為他們創造了大為擴展的機會。目前仍對於下列人員需求甚殷——精通科技而又能以正常英文表達自己的人，請他們教管理人員如何使用電子郵件、電腦網路、搜尋引擎等，而不被它們所毀滅。

幾乎我所見到的任何科技演講，都為某種科技上的小故障所破壞。對於任何既瞭解科技又瞭解成年學員的需要，而且能泰然和生動的講說科技術語的人來說，擴展的潛力無窮。

作業過程的缺失

事情是經常在哪一部分失敗和崩潰？譬如，我發現策略的系統說明總是照計畫完成。

問題的所在是，一年以後這些策略上的倡議很少採用，更不要說實現。

這是由於作業過程在履行的階段崩潰。因為在這個階段理想的概念計畫需由許多根本不曉得計畫細節的人，轉化為明確的作業事實。我本可以與講解這些策略的眾人競爭，但是我卻將注意力集中在策略的履行上——這是大多數人做不到或者不肯做的。

因而，在我所針對的範圍以內，各個機構可以很容易的指認過去的失敗，但是不能真正瞭解為什麼失敗，也不相信系統說明策略的人，因為他們在最初並不曾充分協助履行這些策略。

這樣的作業過程缺失比比皆是，而這些作業過程可見於任何機構（譬如，不好的銷售預測造成錯誤的庫存量、錯過的盈利機會等）。您研究過嗎？

高成長

人們對於個人電腦不可思議的接受，影響到許許多多似乎沒有關係的行業。人們和機構如何處理高成長，不論是自己的高成長或是別人高成長的影響？如果您的演講是關於顧客服務，那麼有可能涉及在尖峰成長期間，顧客服務的一種擴展嗎？或者，如果一位競爭對手非常貪婪，那麼，是不是講一點以留住目前每一位顧客為目的的顧客服務？

如果您講的是品質，那麼，在非常高成長的時期，行為、溝通、回報等有什麼差別？這是演出領域的一個小幅度擴展，但是很合時宜也很中肯。您利用了這一類機會嗎？

市場與行業結構的改變

有線電視已經重塑了一個行業。電話與航空的取消管制亦然。健康照顧的方式將與時俱變，不論是變好或是變壞。明天會是什麼樣子？

我把關於改進銷售及更積極推銷的演講轉移到金融服務業方面。在管制取消以前，這方面尚沒有一個推銷的部門。我曾為養牛的人和處理肉類的人演講如何因應迅速變遷，這樣的行業一度是最保守和沒有變化的。有一次我曾經有計畫的回絕農場團體的演講邀請，現在我絕對不會再選擇了，他們需要聽聽我關於改變管理和策略描繪的看法。我輕易的便將講題調整，適應他們的環境和問題。

每當一個行業或一個市場被迫脫離以前的現狀時，它便願意接納從前所不肯考慮的各種想法。什麼樣的範圍去年（或上一個月）不能接近，而現在重新為您敞開？

人口上的變化

在這個範圍以內，差異和性別課題已有驚人的成長。不論是在哪一個行業，經理人都必須領導或是與不一樣的人共事。在這個與客戶正當營業目標有密切關係的範圍，您有沒有設法提供協助？

我的辦法是避開極不愉快的「管理差異」，而發明所謂「接受差異」的辦法。雙重收入的家庭持續成長；英文愈來愈可能成為許多人的第二語言，補救性的閱讀、書寫和說話技巧在商業上是必須的，因為我們的中學教育往往不能將這種能力傳授給學生；基本的商業禮貌和形象問題也需要加以注意；在一個暫時解僱和裁員的世界，互助網路成為必要。您在適應您周圍人口上的變化嗎？

感覺的改變

您還記得那些日子嗎？那時抽香菸被認為非常嫻雅，以致一九五〇年代的電影院中菸霧瀰漫，您連明星也看不見了。您還記得一九六〇和一九七〇年代電影上的「醉酒滑稽劇」嗎？

今日，我們看到大家注意健康和環境、生活的品質和動物的權利。明天我們會看到什麼？我不是倡議我們什麼時髦都趕，但是卻以為正當的趨勢是值得我們充分注意的。

從只關心個人健康到重視工作場所的環境——良好的環境可減輕壓力，增加生產力，是一大進展。因為有人覺得一般機構已不再報償員工的效忠和努力工作，促使許多公司明顯在其員工的學習和福祈上投資。在這方面演講人和舉辦訓練班的人很有發揮的潛力。

感覺是事實。一般人做事，不是根據他們在書裡面所可以看到的某種事實，而是根據他們每天透過工作和環境上的刺激所產生的感覺。各種機構必須管理內在和外在的感覺，正如管理其財務的盈虧一樣。有誰比傑出的溝通者更能在管理上幫忙？

新知

這是概念的「專利局」。雖然「太陽底下沒有新鮮事」，可是我們有時的確發明新的見解乃至新的工藝技術。雷射和生物科技是工業上的例子；團隊合作和參與取代黷武的層級組織是人文的例子。

我曾經發明了幾個我相當引以為傲的概念（如在諮商和演講時以價值為基礎取費）。您也許也發明過一些，而一旦您花心思發展必須的經驗，您或許便會發明新的概念。

有些人在家工作、有些人由受僱到自己當老闆、有些人初次作全球性競爭、有些人想要與家人共度一段好時光，並在工作與家庭之間得到更滿意的平衡。您能為他們發明一些能力和技巧嗎？

只有您可以不斷擴展您的演出領域，或創造新的領域以配合您的精明推銷術。下面我們談一談如何實際創造您在舞台上的演講細節。

8

創作一篇講詞

「早安……不，等一等……這個不對……」

使用獨創的原始資料，因為許多的「真理」不是真理

最佳的講詞準備方法有五個簡單的規則：

1. 獨創和確定的規則——這篇講詞必須是您自己的。
2. 中肯的規則——故事和軼事應該切題。
3. 看法的規則——人在舒坦的時候學習力最高。
4. 成果的規則——買主的情形應該有改善。
5. 成年人的規則——每個人的學習方法都不同。

獨創和確定的規則

不竊取別人的講詞有兩個理由：

1. 個人的故事便是個人的事，除非是您自己的故事，否則使用它們便是不道德的。

2.您竊取來的許多故事是假的。

第一個理由不需要多加解釋。我偶爾聽到另一位演講人反芻我自己的「東西」；他以前曾是我的一個聽眾。他的演講不像我自己演講時那麼有力，因為偷竊我東西的人，不善於應付聽眾提出的問題，而遲早這些話又物歸原主。如果我們的行為不像有道德的專業人員，那我們便不能稱此為一門專業。如果一名新聞記者或作家使用別人的東西，那便稱為剽竊。如果一個公司使用另外一個機構的專利創作，那便稱為侵犯專利。如果一名雇員轉到一家競爭對手的公司，而去使用以前雇主的機密資訊，那便稱為偷竊。

當一名演講人竊取別人的材料時，那也是同樣嚴重的犯罪和不誠實。團體的聽眾往往能察覺到一名演講人偷竊別人的東西，因為他們曾聽過許多演講人演講，而他們的反應是負面的。買主再也不會請您演講，可能甚至不付給您剩下的酬金。

第二個理由比較微妙，但它是這條獨創規則的主要理由。您從講台上聽來的話，許多是錯的。我至少曾聽見過三十名演講人，在各種發表的場合說：「您演講的內容對於聽眾的影響不到百分之七。」他們說對於聽眾的影響百分之九十以上，是根據您的演說方式，並且徵引米拉賓博士（Dr. Albert Mehrabian）的心理學研究，為統計數字的出處。

不過這種說法有幾個不對的地方。首先，米拉賓的研究工作乃是三十年前所做，由於時間太久，在我們這種動亂的社會已經不可信賴。第二個甚至更重要的一點是，他的著作乃根據當時社會的情形，人們排隊依次等候服務。大約十年以前，一名演講人在一次全國大會上誤引米氏的著作，而其他的演講人卻相繼把這樣的胡說編進他們的「表演」之中。任何懂得心理學的人都知道這是不對的。而任何頭腦清楚的人，都瞭解偉大和動人心弦的演說家如羅斯福總統和季辛吉，幾乎完全是依靠他們的修辭，而非他們在講台上的技巧。

畫面能代替一千五百四十六個字彙

中肯的規則

嘗試以兩種不同的方式打開話題：

- 您的度假愉快嗎？
- 您想聽聽我度假的情形嗎？

您認為哪一個問題可以得到比較親切和慇懃的答案？如果您認為是第二個問題，那您便和唐納・川普（Donald Trump）一樣是大亨。

您的講詞，必須儘可能地讓聽眾覺得中肯和中聽。這一點非常重要，即使您不喜歡它也沒有辦法。我所知道能夠做到這一點的最好辦法，是事先和一些可能的聽眾談談。

問問買主可不可以隨便選幾位聽眾，給他們打打電話。為了不浪費彼此的時間，告訴他們說，您只想很快的問他們三個問題：

1. 您此刻在工作上所面臨的最大挑戰是什麼？
2. 如果明天您只能改變一件事情，那麼這件事會是什麼？
3. 您會給一位與您有相同處境中的新人什麼忠告？

我必須要修改這些問題，但是基本上它們適用於各種不同的環境。我在演講中不時使用這些結果。因而，在一個一小時的主題演講中，我會三次提到「您們所告訴我的」。事先這樣做的另一個好處，是可以把這種回饋編入視聽教具。根據我的經驗，如果我的請求有禮貌、親切、簡潔，並且提出各種可能的答案供他選擇，那麼幾乎沒有一名我請教的聽眾會拒絕協助我，為他的公司量身訂造講詞。

> 不要告訴他們您所知道的一切。告訴他們他們需要知道的一切，而且想辦法委婉的告訴他們。

一個「口頭的畫面」是一則故事、軼事、經驗或隱喻。它在嚇死聽眾以前，可以讓他們明白您的意思。譬如，每一年的每一天，因吸菸所造成疾病死亡的人數，等於坐滿三架失事墜地七四七客機乘客的人數。

一幅口頭畫面抵得上一千五百四十六個真實的字彙。因而，如果您的主題演講是一個鐘頭，那麼便大約是一萬個字彙，說六點四六八個小故事或軼事，也就夠了。這些數字是哪兒來的？有人告訴我說米拉賓曾做過這個研究。

幽默沒有什麼滑稽

看法的規則

沒有什麼比謙遜的幽默更能讓聽眾舒坦。舒坦是成年人學習的關鍵。如果我不舒坦，我便抗拒、精神不集中、心不在焉、向內看。如果我舒坦，我便容易接納別人的建議、開明、向外看、洗耳恭聽。問題是絕大多數的演講人，認為舒坦是外在的，因而他們集中注意室內的溫度、座位的配置、在演講的中間停下來休息吃點東西，以及許多其他離譜的環境因素。事實上，有一些人自命為教練，專門教人如何安排外在的環境。

然而，實際上舒坦是內在的。這是我們演講人最須注意的。眾人因幽默而感到輕鬆，而由於大多數的幽默都是根據某人的不舒坦，最好注意讓這種幽默是謙遜的，只是針對演講人本人的。聽眾往往會有憐憫、同情心，不但覺得自己曾經身歷其境，而且更能體會您在下面所要說的內容。

幽默故事基本上有兩種：一般的與特殊的。根據實際的經驗，不要使用前者。

我在剛初出道的時候的確用過，但是別人也會一用再用，以致興味索然。使用您個人獨有的幽默故事。我們不都全是喜劇演員或富於幽默感的人，但這與我所說的無關。我們每一天都在笑，並經驗到有諷刺意味的事情。把它記下來然後把它編進您的講材。我常用下面的這個例子，強調說明美國的機關團體有太多的「與我不相干」態度。這是一件真正發生過的事，幾乎和我描寫的完全一樣。

凱悅飯店的熱線

有一次我住在一家凱悅飯店，在沙發一端的小几上放著一張卡片，上面用黑體字寫著：凱悅熱線：「沒有任何問題對我們而言是太大或太小。一天二十四小時暢通。有任何請求請打凱悅熱線。」

> 我沒有房內服務菜單。我說：「這是凱悅熱線管的事。」
> 我撥電話號碼，接電話的是一位女士，「凱悅熱線，我可以為您做什麼服務？」
> 「我是艾倫．威斯，房間號碼七三四，我沒有房內服務菜單。」
> 她回答說：「對不起，我們不管這事。」

我接著問他們處不處理核子戰爭，因為我需要知道什麼事才夠得上凱悅熱線協助的標準。

> 不論您上哪兒，要攜帶備忘錄和錄音機。放在汽車駕駛台上、床頭的小桌上和手提包裡。每當有滑稽、諷刺、令人沮喪或奇異的事情發生時，便把它記錄下來，有一天您會發現適合的地方。

將幽默放進您每一次的演講內容中。我不相信「除非您是喜劇演員，否則便不要嘗試滑稽」那一套。成年人的學習有賴於舒坦，而恰當的幽默會創造立即的舒坦。任何人都可以把幽默放進任何講詞中，只要用熟練、明確表達的方式，使用真正發生的事情，力求謙遜的幽默故事，和講求真實的幽默故事（我看到有人無論在致頌詞，或在法庭上皆能善用幽默）。

在您演講過以後，又怎麼樣？

成果的規則

每一場有價值的演講、訓練班、短訓班、講論會和有主持人的集會，都應當有成果。譬如，一次幽默的餐後演講，應使參與聽講的人有正面的心情，對他們當時的情形滿意。一個關於時間管理的訓練班，應給聽眾實質上的組織技巧。關於多樣性的短訓班，應該使出席的人瞭解文化上的種種差異，以及說不適當話的惡果。

如果您想被目前的買主聘用，或者至少請他給您寫一封有力的介紹信，以便給未來的買主看，您必須提供適當的講題與環境的結果，留給客戶永遠保存。如果買主的目的是在一時間激勵聽眾，就這樣做也無妨，但是更有力的，是提供技巧、技術和辦法，使他們在您演講過了以後很久，還可以表現給買主看。

成果愈分明和持久，買主便愈可能再聘用您和將您介紹給別人。滿堂喝采最多不過一分鐘，而且也不會增加您的酬金一分錢。

成果乃由經濟買主發端，問問他這場演講應該達成什麼結果。如買主說：「我不大確定」或「我們只想高興高興」，那麼便問「為什麼？」由他的回答中可以得到很多啟示，如「去年的會議很沉悶，我們在想一位有生氣的演講人可以使大家快活起來」，或是「我們的工作人員上一年的日子很不容易，但是他們表現得可圈可點，我們應該告訴他們他們多麼好」，或者「我們的使命是教育參加集會的人，不但在他們的職業方面同時也在他們私生活方面」，那麼您便可以問：「如果他們由演講中得到這個（技巧、技術、態度、認識等），這會有助您達成您的目標嗎？」一直問下去，直到買主說：「這正是我樂於見到的。」

我認識許多演講人，他們不花心力去找真正的買主（他們是由集會策劃人或介紹所聘請的），也不花心力去瞭解買主希望是什麼。他們認為自己的工作是發表一篇主題演講或主持一個短訓班，講完後拿了支票就走。

您得到多少自己找上門的生意？有多少次買主打電話給您說：「我們將有一個集會，您是最適當的演講人」？（或者多少次一位新的客戶打電話給您說：「我的一位同事介紹我打電給您，他非聘請您不可」？）大多數的演講人都在掙扎求存，因為他們花太多百分比的時間，設法按新的條件對新買主做新的銷售。他們手邊有介紹信，但是沒有人主動的把新的買主介紹給他們。他們有一張客戶的名單，但是他們沒有人事關係。

人們有不同的學習方法：並不是每一個人都像您（自認為的）那麼聰明

成年人的規則

人們的學習方法有種種不同，而我所指的是可以觀察到的行為。我們之中有些人喜歡視聽教具。有些人喜歡排成順序的訊息。有些人喜歡群體的學習方式，有些人喜歡單獨一個人吸收。躲避志願扮演一個角色和示範的人，和衝到台上去參加示範表演的人一樣多。

成年人自己做決定。您總是可以提出各種選項，甚至質疑假定的事物。但是以為自己所選擇的方法最好，卻永遠不是一個好辦法。

準備講詞最好的辦法，是接受所謂人有種種不同，而學習的方式也不一樣的哲學。這表示演講人和他的準備與態度要注意三件事：

1. 一個人一種不同的輸入辦法。譬如，使用文字資料也使用視聽教具，使用幻燈片也使用練習簿，提供詳細的文字資料也使用摘要文件，使用講堂上志願的互動，但也使用演講以綜述關鍵之點。

2. 即使只有一個人覺得會貶低身分，也絕不要勉強大家參加任何活動。如果您想要找人扮演什麼角色，那麼先解釋是什麼情形，而後徵求志願扮演的人。不要叫人去觸碰別人或刻意表現親密。

3. 在沒有確證以前，永遠不要懷疑別人，永遠不要認為什麼事是針對您個人而來。有人在我說「早安」以後九十秒鐘以內，便離開我的講堂。我假設他們有好的理由，走錯了講堂或旁坐的人有狐臭。我誠懇而誠實的接受聽眾的每一個問題，只要這些問題是正當的。

成年的學生總是在沒有確切的證據以前不懷疑演講人。當信譽喪失時，錯是在演講人，不是在聽眾。

演講人走上講台的時候，聽眾給他極大的信任和支持。他們想參與這群成功出席您演講會的人中，而不到百分之五性情古怪的人總想看見別人失敗。

當您準備一份講詞或短訓班時，也要對聽眾有同樣的敬意。不要穿插一些只在您臉上貼金，而對聽眾沒有學習價值或關係的故事或練習。給他們時間發問，如果沒有人問，便拿後備的講材填充這個時間。但是如果您要講的東西太多因而不讓聽眾說話，那您便完了。

有些策劃人認為別人對他們的評估，是以集會節目有多長為標準。不論他們怎麼和您說，您都要知道沒有任何聽眾或買主，會抱怨一篇精采的演講比預定短十分鐘，或一個非常有趣的短訓班早了四十分鐘結束。但是一旦您多講了不過五分鐘，便可以看出許多聽眾注意力開始不集中更不要說會影響到下面的節目。

受人尊敬的服務技師所舉的技術細節

有些演講人在從頭開始創作一篇講詞時，必須有一套公式或樣板。這最後一節便是為他們而寫。要撰寫一篇成功的新講詞，有八個主要的步驟：

1. 成果。
2. 時間的安排和順序。
3. 關鍵的學習點。
4. 大致組織草稿。
5. 穿插故事、例子和轉接以支持您的說法。
6. 視聽教具與傳單。
7. 創作開場白和結尾語。
8. 練習演講和調整時間。

例如，一位客戶邀請您對他們的五十名管理人員演講。這家客戶是在一個具有競爭性市場中，非常成功的高科技機構。營業部副總經理希望灌輸給管理人員已成為定型的技術，以便他們可以用來不斷提高他們自己的標準，超越競爭對手。您的演講是長達一天會議的發端詞，所有其他的演講人和活動，都涉及內部人員。

成果

您請求這位副總經理明白指出，他在您演講以後想見到什麼樣的結果（成果規則）。他說有兩個短期的結果，和一個長期的結果。

短期結果是：

- 讓聽講的人開始動腦筋，以便那一天接下來可以接納創新的、超越窠臼的構想。
- 提供一些簡單的技術，以便他們可以用來將注意力集中在新穎和有創意的方法上，完成工作。

長期的目標是：

- 灌輸他們驕傲的感覺，告訴他們說他們已經頗具創意，這是公司所以這麼成功的原因。不過他們不應該只因為公司已有如此戲劇化的成果，就變得保守或守成。

時間的安排和順序

您有九十分鐘，包括提出問題和回答的時間。在副總經理致簡短的歡迎和介紹詞以後，您就給這天的會議致發端詞。在您講完以後，有十五分鐘的休息時間，而後分組討論您對公司目所面臨若干關鍵問題所提出的建議之影響，這些分組討論由中級的管理人員主持。

關鍵的學習點

九十分鐘說不上長。最好，您必須只強調環繞著三個特定成果的幾個學習點。您可以選擇不同的學習點，但是為了配合我所舉的例子，我選擇四個：

1. 除非將創新固定為一過程，那麼「問題的解決」便是創新的敵人，並且霸佔其時間。
2. 各機構會報償它們所真正珍視的事情，而大家由於這些報償而行動。由於管理人員是模範，未來他們必須繼續報償造成公司過去和目前成功的創造力與創新。

3. 我們無情的檢討失敗的原因，但很少檢討成功的原因。這是一個成功的群體，我們必須明確的陳述我們自己到現在為止成功的原因，以便可以複製、溝通和改進。

4. 在大多數的公司中，都有一般創新的來源。讓我們細察它們，決定如何在本公司發現和利用它們。

請注意學習點合併了短期和長期的成果，也合併了規定的（十個來源）和診斷（我們為什麼這麼成功？）的作業過程。這只不過是有變化學習的另一例證：成年人的規則。

大致組織草稿

我現在由趨勢和影響力的觀點，把各個學習點做合理的排列。我選擇的順序是由第一點開始以之為爭議的源點，而後用第二點說明他們透過報償和範例控制他們自己的環境，第三點和第四點幾乎在時間上吻合，可以使我在結尾的地方興奮的恭維他們到現在為止所獲得的成功。

穿插故事、例子和轉接以支持您的說法

以故事（記住獨創確定的規則以及中肯的規則）、例子，和由一個要點轉接到另一個要點，來支持您的說法。對於有關解決問題的說法，我必須補充下列幾點：

- 解決問題與創新的定義。
- 給聽眾一個習題，測驗他們往往是否為解決問題的人或有創意的人（他們會感到驚喜，因為他們比自己所想像的更具創造力）。
- 估計這個機構在每一項工作上花多少時間。
- 以若干機構為例，他們解決問題的方法導致毀滅（他們解決舊事很行，但創造新事的能力太差）。
- 以一個轉接結束這一節，瞭解機構所給的什麼樣的報酬曾經支持問題的解決，什麼樣的報酬曾經支持創新，並且決定它們是否應小心調整，以加強創新。

視覺教具與傳單

就您的時間安排、環境、主要的重點，以及支持的資料來說，什麼是適當的視聽教具、示範項目、講前傳單，以及講後留下的資料？這些資料在演講前分發或是在事後補充，較能增加您的說法的影響力？

請注意，您在一開始不要把手邊現成有的傳單和視聽教具拿出來，然後看是否合用。許多也許合用，但是如果您以這個為開始，您便是以別人的成果為開始。

在這個例子中，只要室內的光線使人愉快，而銀幕上的影像也看得清楚。我將對五十個聽眾使用幻燈片來說明，並在演講結束分發一篇摘要，但為了不分散聽眾的注意力，不在演講的時候分發。我建議聽眾如果願意，可以記筆記，因為許多人藉由記筆記得到許多收穫。

創作開場白和結尾語

您在前面所準備的是演講和短訓班的部分。第七個步驟絕對是最重要的，但是一直到這時才能有效的草擬出來。由於開場白和結尾直接有關，我認為最好是同時予以創作。

檢視您的成果和關鍵學習點，自問如何可以開始您的演講，以得到下面的結果：激勵聽眾讓他們聚精會神的傾聽。

這將牽涉到下面的標準：

1.有一個得到他們熱切支持而非僅僅順從的「鈎子」。一個關於這家公司的故事、幽默、具有挑戰性的事實、引述您對參與者的訪問、牴觸的說法或挑釁，都可以用作這樣的「鈎子」。

2.預告他們您接下來會說些什麼。簡單的將您的主旨做一個摘要，給他們做一點準備。

3.順利的轉接到您的第一點，使聽眾在不知不覺間便聚精會神的傾聽，而您的作業已經開始。

就一篇主題講詞來說，好的引言通常不超過二、三分鐘。

結尾語（告訴他們您前面告訴他們的是什麼）應當就成果與在講詞主體中提出的重點做一回顧。

它應該包括兩個因素：

1. 關鍵學習點。這是您希望參加聽講的人牢記在心的。它以成果為中心，您應當在最後正式加以略述。關鍵學習點應該只有少數幾個，因為人們的注意力是有限的。
2. 訴諸行動。在為娛樂或僅為報告所作的演講中，這一步是不需要的，但是大家在所有其他的演講中也往往忽略了這一點。當聽眾離開演講會以後，買主想讓他們做什麼?這是最直接的成果。

絕不要以問答作為演講會的結束。如果您不在演講中間自然的回答聽眾所提的問題，那麼在演講結束以前的片刻，停下來讓他們發問。雖然幽默的故事通常為結語生色，但是不要以為非以一個滑稽故事結尾不可。最後，不要自大的以為結語是關於您本人、滿堂喝采，或聽眾反應問卷上對您的評分。結語是要貫徹和重申可以導致買主希望中結果的關鍵學習點。如果您這樣做，買主會再聘請您和把您介紹給別人。如果您不這樣做，您所得到的喝采和滿分，只有讓別人在一瞬間記得您。

練習演講和調整時間

只有在您確定已經涵蓋了適當的要素和成果以後，才應該調整時間。練習演講要如身歷其境，留一點時間給介紹詞、幾個問題和簡短的回答，以及幾秒鐘您預期的笑聲。

如果您的講詞太短，那麼在每一個促成成果的關鍵點上加幾個例子。一個好的例子大約長二分鐘。如果演講時間較長，那麼考慮讓聽眾參與。

如果您的講詞太長，那麼將那些為舒適或裝飾而放進去、但對成果不真正必要的多餘故事或視聽教具拿掉。如果您已先預留一段回答聽眾所提問題的時間，那麼把它取消或縮短，告訴聽眾說如果時間允許，您便回答問題。

切記，短一點比長一點妙。如果您發現不取消必要的部分，便在規定的時間講不完，那麼您大概要講的太多，而時間太少。您最好再去見見買主，建議較長的時間或較少的成果。

練習和調整時間也可以讓您改變故事、順序、轉接以及其他講出的方面，以達到最佳的邏輯和氣勢。錄下您的練習，一、兩天以後再聽一遍，請別人批評。

9

成爲一位明星級的演講人

「嗨！我好像在哪兒見過您。」

「您當然見過我。」

拒絕生意是好生意經

在演講業中，有一個錨，它把您往底部拖，妨礙您的進步，有時甚至把您拖得毀滅。這個錨稱為「早期的勝利」。

我們大家都可以舉出自己的第一位客戶、第一次有報酬的演講、第一個以職業演講人身分實際謀生的機會。問題是這些生意我們今天幾乎都不會接受了。當我們在演講業中有了專長、自信心和名聲以後，下列的十種動態往往發生變化。

講題演變

當我們學習和成長時，當社會和商業演變時，我們便轉移到愈來愈中肯和與當前有關的主題。當我們的技巧和學問增進時，我們也可進入完全新穎的領域：「接受變化是好生意經。」

酬金增加

您最好經常提高酬金。如果不信，由本書第一章看起。

操作法的改變

我們在開始時，可能著重發表演講和全體聽眾的問答，而後又加入主持小組分組會議。比較常見的情形是，我們由新出道的「專家」態度，轉移到老手的「共識」態度，讓關鍵點由聽眾中浮現。通常，當演講人成長時，他們的演講愈來愈自發，自然隨機應變而不是背稿子，像一名即席發揮的權威。

工藝技術的改變

我們許多人是由用黑板開始。今日，電腦所繪的圖表已經很普遍。衛星傳播、影像會議、遠距會議、電話會議，愈來愈成為聽眾互動的管道。

時間縮短

以往一連多日的講論會，現在往往變成一天、兩天，因為客戶不希望參與的人離開過久，或者講論會成為較大會議的一部分。具有必要技巧的演講人，往往轉向主持半日的短訓班和主題演說，因為出席時間可以較少，而酬金可以較高。

買主改變

我們在一開始經常透過講論會商號找工作；這些商號聘請我們為分包工。或者我們向訓練班主任和集會策劃人兜售。如果我們還好的話，我們銷售的對象應是專業行政人員，或者由代表我們的介紹所替我們銷售。

行業的擴張

許多人是透過他們自己的行業而進入演講業。一名擅長訓練的保險經紀人，可能成為以推銷保險為焦點的演講人。然而，一旦他有了演講人的身分，這位演講人便可以使用同一銷售專長對抵押貸款經營業者、財務規劃人和銀行家發表演說。最後，我們這位前任的經紀人，可以對任何銷售群體演講，不論是哪一行。

聽眾的程度提高

當我們初出道時，我們自己和買主都只把「安全」的群體託付給我們，包括第一線的監督管理人員、新上任的人以及付低酬金的顧客。如果您很優秀，您便可以對任何人從容的演講。這一行很需要有才能、有自信的人，對高級行政人員、灰髮的老手和厲害多疑的群體演講。

附加的服務成長

就有極大成就和受人尊敬的專業人士來說，小組主持人、大會主持人、餐後演講人、小組討論、調停人、顧問、演講教練以及相關的角色，是相當容易擴展其服務領域的。

相關作品出現

由第一次將演講錄下來的卡式錄音帶起，有企圖心的演講人就推出了書籍、小冊子、錄影帶、指導手冊、簡訊、熱線以及其他形形色色的附加財源。

由於這些不可避免的改變會影響到好的演講人，我們為了伸展，必須要「放手」。這表示舊日的生意，在您早年的事業上不論有多麼重要，將來卻是那個錨、那個累贅。除非您與它一刀兩斷，否則它便會將您絆在最底部。至少每隔一年，您便應該拋棄您生意最下面的百分之十到十五！

只有取消您優先次序最後面的生意，您才會有能力伸展，接受您優先次序最前面的生意。

我曾經會見和指導過數百個沒有「時間」擴展其業務的演講人。他們的反應是僱請推銷人、承做轉包工作、拒絕聘請。然而，問題永遠是一樣的。他們對所有的生意一視同仁，不論它賺多少錢或是否與他們自己成長計畫一致。他們抓緊舊有的生意不放，好像它仍是一條臍帶。

每到十二月，檢查您過去一年的生意。問自己下列的問題：

- 它達到我所希望的收費標準嗎？或者達到我平均的收費標準嗎？
- 我在成長嗎？我就算閉著眼睛也可以做這個嗎？

- 他們真的需要我的才能，還是任何人都做得到？
- 這樣可以增進我的形象和名聲嗎？
- 我會以此為傲，用它來證明我目前的才能嗎？
- 我做這件同樣的事，已經兩年多了嗎？
- 我已成為一個習慣而非資源了嗎？

如果前五個問題的答案是「否」，而最後兩個的答案是「是」，那麼現在就罷手。事實上，即使半數的問題答案不對，也放棄這樁生意。

避免像在肉市場上一樣陳列

由於某些人沒有見識，演講業中目前有一種把演講人都塑造成單一形象的惡性趨勢。他們由此創造出商品，讓買主根據價格或者更糟糕的根據外表，隨意選擇。我曾聽說有些集會策劃人要求先有試講錄影帶，以便根據演講人對聽眾的吸引力加以選擇。這表示他們做決定要考慮到演講人的性別、種族、族裔、體質象徵以及其他的特點。當我推薦一位同事為一家酬金較我的標準為低的公司演講時，那家公司集會策劃人真率的告訴我：「我們不要一位女人給這群聽眾演講。」

這話不但不道德和愚笨，也是不合法的。這些人是把演講人當作商品。幸運的是，除非我們棄權，我們便控制我們的推銷及我們的形象。在這一行中要賺一百萬美元是需要有奇才異能的，不是與眾人為伍。因而，下面的忠告或許與眾不同、非主流的，但是在這一行中真正能賺大錢的，也只有那些與眾不同和非主流的人。以下是一些如何避免被人和其他商品一起陳列在店面削價求售的方法。

1.躲避由介紹所和第三者所舉辦的「玻璃陳列櫥窗」和其他的「鑑定試聽」。有的介紹所告訴您，所有的成功演講人都參加這樣的活動，並且提出幾個您認識和尊敬的人名，說他們曾經參加。問題是這往往是不實的。

它們曾用我的名字，但我不曾走近這樣的活動。這些活動介紹所請了幾十名演講人，每人講二十或三十分鐘，共講了整整一天，讓「買主」看。但是這些「買主」也不是真正的買主。這些「玻璃陳列櫥窗」裡面全是新手、初學的人以及新加入這一行尚未向上爬的人，因而其演講的整體素質也不高。

2.對於介紹所要精挑細選。雖然介紹所的關心在我們剛起步時好像是神的恩典，但是如果它們在我們成功以後，便不肯合作，那麼這種關係就會變為非常麻煩。即使它們每年給您找到幾次演講的機會，可是如果堅持擁有客戶的是它們而不是您、堅持在促銷的資料中不提到您、只把您當它們畜舍中的一員展示時，那麼這樣的介紹所對您不會有什麼價值。您是給佣金的人，您應該提出要求，而不是它們提出要求。這一行中有許多極好的介紹所所長，我可以把金錢和名譽都交付給他。但是也有一些，如果您細看，便知道未能隨這個行業成長。

3. 不要製作「刻板的」錄影帶。表演錄影帶可能很有效，但我是用不用它們都行。執行買主幾乎從來沒有向我要求買這樣的錄影帶，集會策劃人和介紹所有百分之八十的時候要這些東西。我勸您不要找大宗推銷這種服務的人製作，因為這些「完美的」作品千篇一律，不論錄影帶上的人是誰都一樣。我建議您聘用一家平常為工業展覽製作錄影帶的高級團體，或當地拍廣告和促銷現場的公司。請他們拍攝您為一位客戶的現場表演，用兩架攝影機拍您，一架攝影機拍聽眾的反應。最重要的是表現出您工作的「生動逼真」，和未經摻混的品質。

4. 如果您要做廣告或在名冊中出現，那麼要為可能的買主的立場著想。在獨特的背景前做廣告和促銷。在我所讀到的每一種航空公司雜誌中，磋商專家卡拉斯（Chester

Karras）都刊有多頁的廣告。我不建議您花這個錢，但您如果想要鶴立雞群，可以試試行業協會刊物、商業期刊和教育性雜誌。有的演講人深信做廣告，有的（包括我在內）大致予以忽略。

5. 小心教練。許多演講教練不是很好的演講人。我通常在一百碼以外，便可以看出一個演講人有教練。他們在講台上的動作和手勢誇大。他們講詞的表達與他們的韻律不一致。他們不自然的插入長時間的停頓。他們的目光接觸超過需要。他們扯得太遠以致偏離主題。他們好像是在朗誦莎士比亞戲劇《馬克白》（*Macbeth*）中的一段台詞而非介紹一種新的推銷技術。他們做作的大笑甚至大哭，這些他們顯然曾經排演和表演過四千次。教練往往取消我們奇妙的不完美特徵，而創造文雅、無特色的演出人員。我認為所有的教練都是不得意的演員，或不成功的演講人，不要去理會他們。我們都需要回饋，去買一架錄音機，找個朋友。

一般而言，一點明智的忠告可以使任何人改進並保持其特色。然而，許多用錢買到的「專家」忠告，只能將人轉化為和別人同樣一個模子倒出來的樣子。

「留下一點資料」的藝術

在演講業中，新出道的人和老資格的人最容易忽略一項基本推銷策略——留下一點資料，說明您曾為某一客戶工作。我知道這個聽來有一點荒謬，因為您的演講元氣淋漓，很受歡迎、精彩。可是成功的傳授技術和轉型的機構，其不良的影響之一，是這樣的機構將學到的東西內化，並透過持續的應用而予以發揮，最後很快忘記是由哪兒得到的。

即使一個機構中的買主可以很容易的記住您的姓名，可是成千成百本來也可能推薦您的參與聽講者，一個星期以後可能就把您的姓名忘記了。不要騙自己，您得自謀生存。

因此，給他們留下一點資料。如果您在演講中使用練習簿、傳單或其他參考資料，那麼這些並不包括在我所說的「留下的資料」以內。一般人很少參考漫長的傳單，往往甚至忽略他們自己的筆記。您需有一點有用的東西，不論是資訊或娛樂，而且讓他們很容易能找到您。如果他們得費幾秒鐘的事才能記起您，那麼他們便不會找您。

> **每一天都有人請大家推薦人，他們所推薦的往往是他們親耳聽到過的。當他們想要您時，您一定要很容易讓人找到。**

我用一張塑膠製的卡片，四又八分之五長，三又二分之一寬（我故意讓它比信用卡大一點）。其正面與反面的內容如左：

（第一面）

將注意力集中於五個因素

1.不斷消除障礙
——創新勝於解決問題
2.得到結果和成果
——手段不如目的重要
3.授權：權力不腐化
——無權力造成官僚主義
4.一般人只相信親眼看到的事情
——榜樣，而非大廳的宣傳旗
5.看法是真實
——由別人的觀點看事情

謝謝光臨
艾倫・威斯博士
層峰顧問公司
郵政信箱1009
羅往島東格林威治市02818
電話：800／766-7935
傳真：401／884-5068
電子郵件：71525・533@compuserve.com

（第二面）

「授權意謂能做影響您工作成果的決定」
——艾倫・威斯博士

如何以及何時提高您的酬金額（大膽的、經常的）

我們在第四章中曾經討論到如何訂定酬金額。您們之中大概有許多人由這一章開始看起。令那些讀者驚喜，我現在短暫的再回到這個主題上，去討論一個非常個別和重要的問題：一旦您成功了，何時以及如何提高您的酬金額。

習慣和通用的辦法，是在求過於供的時候提高酬金額。如果每週一到週五以及大多數的週末您都能演講一次，那麼一年除去假日大約是講三百五十次，而您也就別想去看您孩子的足球賽，或與友人上電影院。當然，如果您善於排時間表，而又專精於主題演講，那麼您輕易的一天可以講上兩場，也就是說每年講七百場才是需求過於供給。

這種哲學有三點錯誤：

1. 需求永遠不會過於供給，除非您收費低到無法拒絕。但是即使您每場的收費只有一千美元，而且照我虛擬的時間表，您還是賺不到我花您百分之二十氣力所賺的錢。
2. 這是一種高度具有競爭性的職業，過度曝光很快便會致您於死。您不會連續兩年為一個大的行業協會做主題演講，您也不會為您上個月所訓練的人，再度舉辦時間管理的講論會。新的科技和辦法往往使「大眾」時尚很快退流行。交易分析、左腦／右腦思想方式、敏感訓練等都已過時。價值是一種罕見之物，而不是司空見慣的事。

3. 我們的目的是享受人生而非犧牲人生。演講是達成目的的手段。目的應該是您的家庭和所愛的人的健康、富裕和安穩的未來。因此，一旦在您成功和成名以後，要緊的是少做事多賺錢而非多做事少賺錢。

因此，最重要的是每當您對於客戶和可能的主顧價值增加以後，便大膽的提高您的酬金額。這件事具有極大誘惑力，因為它是一個可控制的選擇。也就是說，價值是在於看者的看法，但是您可以影響到買主所看到的。下面這十種情形可以使您知道何時提高收費。它們都假設您的營業興隆、預約、名聲和幅度都在成長。

支持您提高酬金額的十個條件

有一家大出版商出版了您寫的一本書

這必須是一家著名的商業出版商，而不是小出版商或由您自己出版。一旦您知道出版的日期，便提高您的酬金額——這可以是在書真正上市以前的幾個月。

您得到在主要媒體曝光的機會

我所說的不是在駕車時間無線電台的曝光，而是譬如上「歐普拉·溫芙蕾節目」（Oprah）或「賴瑞金節目」（Larry King）。您的促銷辦法應該是說：「如上過歐普拉·溫芙蕾節目或由美國廣播公司的泰德·卡波（Ted Koppel）專訪」。這並不如看上去那麼困難。得到在主要媒體曝光機會的人，不一定會由上節目而直接得到演講的預約，或得到銷售相關作品的機會，但是他們可以把這種上節目的榮耀，明顯的放在他們的資料袋、給介紹所的檔案以及履歷中。

您準備了穩妥、可靠的參考文獻

我把參考文獻放在我的手提包裡，並放進每一個資料袋中。我從來不對可能的顧主說：「您如果要，我便給您參考文獻。」我把我的參考文獻硬塞給買主，因為它們反映類似機構中買主的同儕或上司的看法，這些人的職銜、地址和電話號碼都端端的在上面，由於太方便了、太隨手可及，以致可能的顧主不再費事去打電話給他們！

您多才多藝

客戶曾經要求我做各種性質不同的演講，對各種不同的群體演講，在各種不同的地點演講，在各種不同的場合下演講。您所能做的愈多，您所能做的方式愈多，您便愈有價值。

您寫一篇每月專欄（或經常接受訪問）

許多演講人能每月或每週在全國性的同業出版品上面寫專欄。有一次一位受我指導的演講人在「美國管理協會」的雜誌《管理評論》（*Management Review*）上，寫每月最後一頁的幽默專欄。他快快不樂，因為他演講的酬金並未因此提高。他從來沒有想到利用他這種不尋常的知名度。

又有一些人由於他們專長的性質或某種才能，或由於他們積極的公關公司經常把他們介紹給全國性的作家，而常常接受訪問。如果您能讓公眾常看到您，以致可以舉出各次訪問和出版品樣張，那麼您便可以因您的名聲而提高酬金額。

您的業績在成長，而您的酬金額已有兩年未增加

這是一個隨便的標準，但我發現它非常強有力。我的辦法是尊重現有客戶的舊有酬金結構（下面第七點除外），而對所有的新客戶加價。

您現有的客戶請您做新穎和不同的事

對現有客戶提高酬金額的唯一例外情形和機會是，如果他們請您做什麼新鮮的事情。所有這樣請求都使您可以依您的自信心程度和其他因素，研擬較您通常所獲較高的酬金額，向他們提出做這些新鮮事情的報償。

可能有人請您做您可以做但不喜歡做的事

我蔑視需要整整講一天的工作，覺得它們很吃力、時間太長，對我而言也沒有什麼興趣。然而，有些客戶有正當理由的要求我講一整天，因為他們把所有聽講的人由辦公室弄來聽講要花不少錢。又有一些客戶沒有正當理由的要求我講一整天，因為他們認為時間愈長價值愈大。於是我發明了一個成層的收費辦法，講一整天收費異常昂貴。然而有時客戶會說：「就這麼吧，您演講的價值遠超過成本。」您知怎麼的？收這樣的費用我講起來便興高采烈。不論時間的長短、聽眾的性質（如售貨員）或環境（如在餐後）或地理條件（如您得坐二小時以上的飛機）或情況（如您得主持三個一樣的小組討論會），您有權利要求非常高的酬金，來做您可以做但不喜歡做的事。

客戶要求您做國際性的工作

我覺得您做國際性工作應當要求額外的酬金。由於時差，去歐洲、非洲和亞洲出差尤其使人筋疲力竭。南美與美國的時差雖然有限，可是也好不了多少。此外，又有後勤補給上的困難。我建議您視自己信心和其他的因素，在做國際性工作時，比原來的取費多收百分之五十到一百。

您的酬金在「無差異」的範圍之內

譬如說您每場演講收費三千五百美元，經常有工作，您的業績在成長。然而，您知道您是在一個包括百分之九十與您有同樣專長和成功的競爭者的酬金範圍。我建議您脫離這個範圍，因為您需要更與眾不同。買主相信他們花一分錢得一分貨。他們對一位五千美元演講的期望（和自我的虛榮心），比對一位二千五百美元的演講人為大。我以為您增加收費可以增加營業。的確，這句話說得沒錯。如果您的工作做得很好，而您又與芸芸眾生混處，那麼提高酬金躲開他們，唯一跟著您走的是買主。

在上面的十個條件中，您積極的控制了幾個？第一到第六點確乎是在您直接的控制之下，第七點到第九點需要您個人對環境的敏感性。第十點需要您繼續不斷的詳細審查。

如何和何時提高您的酬金額？大膽的、常常的。您要知道，沒有任何一個人會注意替您提高酬金額。

第三部

動人心魄的發表技巧

10

講台技巧

「您講了三分鐘，

有些枯燥的片刻。」

傳達方法不是您所要說的話

首先，我們給「講台技巧」下一個定義。講台技巧是演講人在發表演講的時候，使用來提高聽眾對您所說的話的感受性的那些技巧。大多數關於演講的書和許多權威，都想要讓您相信這些技巧是這一行最重要的部分，進而掌握它們，對於成為一名成功的演講人來說是必要的。

他們錯了。成功演講術的關鍵，是在於可以靠它謀生，也就是說推銷和內容是兩個最重要的方面。您不以發表技術去改進客戶的情況，您大致改進您自己的情況。

那麼，為什麼這麼多的人提倡和集中注意力於取得和發展講台技巧，以之為成功的關鍵呢？答案很簡單：教練在這一方面賺錢。沒有多少人長於教人推銷術，長於教人如何準備內容和講稿的人更少。那些是困難的方面，但非常重要。這是為什麼本書前九章的焦點集中於這些內容。然而，任何人都可以教講台技巧，部分因為它們比較簡單，部分因為它們是高度主觀的。許多不成功的演講人、介紹所的主管、顧問，發現教人演講的技術細節可以賺大錢。

但是在這一行，傳達方法不是您所要說的話。從沒有一個人在聽完一場演講以後會說：「下個月再找那個演講人回來，您沒看見他多會用手勢嗎？」一般人記起一場演講是說：「我還在用他一年前告訴我們的計畫技術」，以及「我每月至少會參考關於舒緩緊張的筆記一次。」

內容是以聽眾為中心；講台技巧是以演講人為中心。後者的唯一功能是在於加強前者。

講台上所使用技術的重要，在於它們可以渲染一篇演講的內容，因而有助於改良客戶的情況。即使是就幽默演講人來說，故事的性質也是一切，不過它可以透過物質的技術而被渲染。

十種吸引聽眾注意力的人際技術（和專家的策略）

目光的接觸

注視聽眾的眼睛。甚至在大的禮堂，您也會發現可與坐在遠處的聽眾作目光的接觸。一個群體愈親密（如二十個人圍繞一張U型的桌子），作個人目光接觸也愈重要。一般而言，目光的接觸要持續二到五秒鐘。若時間過短將造成分散注意力的舉動，若時間過長使人不舒適。如果有人拒絕與您目光接觸，那麼轉向注視別人，但稍後再回頭看他們。如果他們三番兩次的拒絕，那麼就不要再直視他們，要尊重他們的意思。

目光的接觸不僅與聽者建立更直接的聯繫，對演講人來說，也是非語言回饋的主要來源。如果聽眾熱切的回看您、微笑、點頭，那麼您便知道他們同意您的說法。

專家的策略——如果可能，在演講以前非正式的和某些參加聽講的人談談，尤以在較小的群體中為然。將這些人當做您的「友人」，先與他們建立目光接觸和向他們微笑。他們回給您的微笑和點頭，將很快使您感到舒適。

手勢

我曾看見一位演講人，她談了九十分鐘男女的差異，而只用手勢加強表示，男人女人對人生不同的看法。這場演講很動聽。

避免過分戲劇化和陳腐。如果您使用頸掛式麥克風，那您兩隻手都可以做手勢。如果您使用手拿麥克風，那您只有一隻手可以做手勢。在演講以前說明您喜歡哪一種麥克風，但不論哪種情形都要事先做準備。聽講的人愈多，您的手勢便要愈誇張，以便坐在講堂後面的人也可以看見您。聽講的人少，運用輕微和微妙的手勢便行了。

專家的策略——在練習演講的時候，也要包括您預備用的手勢和動作。要穿得和上台時一模一樣，再加上台上的任何其他東西。我曾看見事先仔細練習過講詞的人，被麥克風的電線絆住，或高跟鞋被放映機的電線絆住。

抑、揚、頓、挫，朗誦和停頓

我所知道的停頓原因只有三種，兩種是故意的，一種是偶然無意中的。在故意的情形，是您想要將一個意思戲劇化，或是想給聽眾一個思索的時間。有的演講人說話太快，需要停下來調整一下自己的速度。第三個原因是您忘記說到哪兒了，一時之間真的是無話可說。您花一刻時間思索或翻著講稿。停頓的時候不要說「啊」、「哦」和發出哼聲。無論如何，停頓應該短暫，除非您是等笑聲靜下來。然而，為了戲劇性的目的，三秒到十秒便夠了。

音調變化和朗誦與加重語氣和音量有關。要讓聽眾聚精會神，變化聲音的高低和速度是重要的技術。如果您明智的把聲音降低到耳語，或提高到叫喊，可能有極大的效果。最好的練習方法是用一台錄音機。閉目細聽錄音帶。您的演講有趣和容易聽嗎？或是您的聲音單調無變化，太快、太慢？「錄音帶測驗」是最好的自我評估辦法。

專家的策略——在您被介紹給聽眾時，想辦法在演講開始以前停頓一下。與聽眾作目光接觸和微笑。房間會靜下來，大家對您想要幹什麼發生興趣，您很快便會成為他們注意力的焦點。停頓的時間長短要如做一次深呼吸的時間，這樣您和聽眾都會集中注意力。

聽眾的參與

聽眾的參與已經由「講台演講」時代很少用的策略，變化為「覺得舒服」演講時代的陳腐裝腔作態。將聽眾包括在內，只有當這樣做可以使他們更能接受您所說的話時，才具意義，作為演講人自我誇示的策略是沒有意義的。

過去許多年間我所見到最壞的技術，是反覆請聽眾舉手，表示他們曾有過同樣的經驗或同意演講人的說法。兩、三次這樣的請求以後，只有百分之十的人會回應您的問題。除非您想得到什麼正當的回饋或資訊以裨益您的評論，否則不要這樣做——這是自我中心的一個標記。

偶爾，演講的時候需要一名志願人士指引聽眾的發言。在訓練班和短訓班中，參與者往往發表其工作、提出交互的問題，在進程中扮演重要的角色。但是這個情形在主題演講中比較少見。

視演講的性質，可以用傳單、簡短的練習、問答時間，以及類似的交流，將聽眾包括進去。一般而言，演講的時間愈長，聽眾的參與愈重要。

專家的策略——誇張的問題，是增加聽眾心理參與的理想辦法。問一個普通的問題：「想一想，您們之中有多少人曾經實際上想要告訴一個顧客光顧別家？」這類挑戰創造積極和個人情感的參與，甚至在簡短的演講中也可以使用。

視聽教具

有些演講人用一具麥克風就很好，可有些演講人的視聽教具比得上迪士尼世界的聲光表演。判斷的標準有二：

1. 對於聽眾和當時的情況來說，什麼最有效？
2. 對您個人的風格來說，什麼最有效？

使用的視覺教具，要能幫助您把話說清楚，適合當時的環境，也配合您的風格。它們並不是必要的，尤以在短篇演講時為然。一般而言，設法不要在餐後演講使用視聽教具。一頓飽飯（有時還有酒）、漫長的一天，以及在您以前的演講和會話，已使聽眾異常疲勞。將注意力集中在視聽教具上，尤其當房間的燈光暗下來時，相當於吃安眠藥。

專家策略——如果您不想背下講詞（這沒有什麼不好）、不喜歡讀稿（這沒有什麼不好）、又怕忘記您的台詞（這樣不是好事），那麼使用視聽教具為參考資料和大綱。一場九十分鐘的演講中，我常用幻燈片為全部大綱。我由每一張幻燈片開講，只是加進目前群體的動態，以及與那位客戶相關的例子。

處理問題

有效的「問答時間」有三個要素：

1. 重複問題：這樣做使每一個人都能聽清楚問題、錄音機可以把問題錄下來、聽眾可以思考問題，而您可以思考一個合邏輯的答覆。

2. 回答：提出您的答案。不要怕說：「我不知道」或「您們其餘的人怎麼想？」絕不要視一個問題是敵意的表示。即使是異議，畢竟也表示感興趣。尊重每一個問題，不要怕不同意。不要以為您非打全壘打不可。而要像打排球一樣，把問題丟回給聽眾。「有人願意由銷售的觀點批評幾句嗎？」

3. 與提出問題的人檢討您的回答：「我回答了您的問題嗎？」、「這個答覆還有用嗎？」不要假設您已提出令人滿意的回答。

當您請聽眾提問題時，如果沒有人立刻發問，靜等至少二十到三十秒鐘。讓他們有思考和鼓足勇氣的時間。靜靜的等待比不斷騷擾聽眾說「總有人有問題吧」為妙。

專家的策略——如果有人問您一個顯然具有敵意的問題，而您想避免衝突或與發問者漫長的辯論，那麼只用長單子上第一和第二要素。重複這個問題，回答它，但是之後眼睛看房間內別的地方，問：「您們還有什麼其他的問題？」或說「我看到這兒有人舉手。」這樣您可以得體的脫離難纏的問題，也讓眾人幫著改變注意力的焦點。

錯誤

如果您說錯了什麼，承認錯誤繼續說下去。既不要忽略它也不要跪下求饒。如果不是個大錯，幽默可以化解。有許多現成話是您可以用來化解一般性錯誤的。如果一張幻燈片上下顛倒，您可以說：「我在這一點上看法已經改變。」如果一個燈泡熄了，您可以說：「現在您們和我一樣糊塗了。」然而，如果有人指出您把投資利潤和「財產超過負債之剩餘價額」利潤混為一談，那麼您應當立即予以糾正，為這個錯誤道歉，並且問還有什麼問題和評論。

有一次我在演講以前，已經分發出去的資料中拼錯了一個客戶的姓名。我在開演以前先行道歉，告訴他們說將把改正的一套資料送給每一個人，而為了表示懊悔我們自己對細節的不注意，免了這次演講的旅費。聽眾立刻原諒了這個錯誤，而我照常發表演講。

專家的策略——如果您願意，用這個錯誤指出我們是生活在一個不完美的世界，要緊的不是毫無瑕疵，而是負責任。告訴聽眾，如在他們的專業和工作上一樣，您寧可糾正一個錯誤而不對它不察覺，而任何指出一個錯誤的人，都表示對您的工作有興趣。抱怨的顧客永遠應該得到您禮貌和仔細聆聽的機會，不僅因為他們可能是對的，也因為他們永遠是可能的長期顧客。

干擾

讓我們稱干擾是您所不能控制的一個錯誤。這些包括由清理碗盤的侍者，到互相交談，聲浪足以干擾您溝通的聽講者。干擾有兩種：大的干擾和小的干擾。

大的干擾是火警、大風雪、大的喧鬧聲等。當大的干擾發生時，請將您做的事停下來，與買主或協調者商量，告訴聽眾發生了什麼事。記住您手上有麥克風，您是注意力的焦點。您不能忽略您周圍的情形，也絕不能假設火警不是火警，因一場假火警疏散而少講二十分鐘，比在一場真的火災中有一個人受傷要好。

應付小干擾的終極辦法是：絕不要讓它們釀成大干擾。不要去理會那些侍者。如果他們過分喧擾，不要譴責他們。由講台上問一位協調人或管理人：「我們可不可以問一問是誰負責管理這些侍者？他們只是在做份內的工作，但是能不能等我們用完這個地方以後再繼續做？」如果另外一場集會的聲浪干擾到您的這場集會，提高您的聲音並問有沒有人能請他們小聲一點。如果實在吵得您的聽眾不容易聽見您的聲音，那麼稍微休會片刻，您去解決這個問題。

永遠不要讓一位參與聽講的人受窘。如果有兩個聽眾在交頭接耳，那麼一面對大家說話，一面向他們的方向走去，往往這就能讓他們緘默。如果他們一直喋喋不休，那麼在事先排定的休息時間，問他們能不能停下來，因為這使得您很難集中注意力。您可以問問他們是否有什麼問題，或許您可以在講堂上回答?克服干擾是您的責任。

絕不要假定離開講堂的人是表示不喜歡您的演講。他們或許是去上廁所，去打一個緊要的電話，去休息片刻，或者他們真正對您說的話不感興趣。這都無關緊要。您是對還坐在那兒的人有責任。如果每一個人都站起來離場，那麼您便是幹錯行了。

專家的策略——當您預定的演講是在一場宴會以後發表時，和您的客戶或直接和宴會主辦人打個商量，如果主席已經介紹了您，請侍者不要在大家吃完以後立刻收拾碗盤。收拾桌上的碗盤，將造成許多的噪音和移動，收拾碗盤可以在您演講以前或以後，但不是在您演講中間。

幽默的使用（假設您不是幽默演說家）

幽默有兩種：事先計畫的幽默與未經事先計畫的幽默。依我的看法，每一個人在演講中都應穿插一點幽默。未經事先計畫的幽默問題多得多，因為這信口說出的話可以給您惹麻煩。

這個題目我在前面多少也談了一點，因而現在讓我們只談使用幽默的基本原理：

- 使聽眾感到舒適。
- 創造友善的環境。
- 說明一件事。
- 緩和緊張的氣氛。
- 以正確的觀點去看一個錯誤或干擾。
- 以快樂的話語作為開始或結束。

最安全的幽默是您本人的故事，因為它們保證具有創意和沒有人聽見過。您可練習它們和使它們臻於完美，它們完全是根據您個人的風格。未經事先計畫的幽默，如果是針對您個人，可以是安全的。如果您才思敏捷而又長於此道，這樣的幽默可以使您與您的聽眾之間建立無價的關係。

專家的策略——事先和客戶談一談，找出什麼是您可以安全使用而聽眾又會覺得滑稽的。譬如，通常您可以編進一則打高爾夫球、旅行、銷售集會或退休的小故事，或其他這家公司的軼事舊聞、流風遺跡。

> 您在講笑話時自己不要笑。每一個人都知道這樣的笑話，您已經講過和聽過一萬次。大家會懷疑您是不是這麼看不起他們的智力。

戲劇化的動作、音樂和效果

我想每個演講人都有他的一套。但是我不大喜歡人家在講堂中硬去創造「情緒」。音樂可以創造情緒和戲劇性的表達意思，其他各種戲劇性的效果也可以，如燈光、音響等。不過基本的問題仍然在於：我們如何改良了客戶的情形？我們不是從事娛樂事業的人，我們是從事學術事業的人。我絕不會勸一位歌手少用音樂，但是我曾經勸過若干歌手不要再發表演講。他們所有的是娛樂的技巧，不是學術的技巧。

如果您用音樂，您必須先由特許的團體得到許可。所有商業的音樂和歌詞都是屬於某人，不論您多麼短暫的使用它們，要在公開場合使用它們都得付使用費。您可以購買「一般性」的音樂，這些是特別為這類目的而創作的，供出售，也供出租。或者您可以讓人創造您自己嶄新的音樂，那麼這便是您自己的私有財產。使用別人有專利的錄音帶、錄影帶或幻燈片也是一樣。

不要叫聽眾互相碰觸。今日愈來愈多的演講人喜歡裝模作樣；他們一定誤以為自己是治療學家和按摩女。不說性別的問題，許多人就是不喜歡去碰觸別人或被別人碰觸。

我曾經看見演講人在舞台上哭泣，好像他們從前這樣做過一樣。可是每一位聽眾都知道那位演講人每講這個題目時，便在這一點上哭泣。這是虛偽和做作。

最後，除非您是一位經過訓練的音樂家，而歌唱又是您演出的一個必要部分，否則千萬不要唱歌。唱歌絕不是為了改進客戶的情形。它總是為了演講人的自大虛榮。沒有人花錢去聽一名演講人唱歌，正如沒有人花錢去聽滾石樂團（**Rolling Stones**）或瑪丹娜（**Madonna**）演講一樣。若您非唱不可的話，可以在淋浴的時候唱，但是把門關上、窗簾拉下來。

專家的策略——客戶往往在舉辦會議時有一個主題、一個他們的名稱、地址，或者為這個場合租來的音樂。多少在事先計畫一下，您可以把他們的名稱、地址放在您的講材中、編進您的幻燈片，在開講的時使用您的音樂，在您的演講重點中引述他們的主題等。這樣做會使買主真正感到安慰。

吸引聽眾注意力的五種環境技術和專家策略

分發資料

資料的分發可以是在演講以前、演講當中或演講以後，各有利弊。如果您使用視聽教具，那麼這些教具的副本應該包括在分發資料中。您也可以利用分發資料，提供額外的價值，例如，在最後加上聽眾可以進一步閱讀的參考書目。也可以在資料中委婉的請他們購買您相關的產品。避免使用許多演講人使用過的幼稚辦法，不要分發裡面包括「填充」的資料。

專家的策略——一定要在分發資料的每一頁上，放上您的全名和與您聯絡的辦法。這樣做不算過分。有的時候有人會影印幾頁或撕掉幾頁使用。因而在每一頁上要註明著作權。並且在每一頁上放一個不花錢的電話號碼，他們如果打聽什麼資料，可以免費給您打長途電話。使用分發資料作為推銷的策略。這是為什麼即使我在演講的時候分發了一些資料，演講以後三十天我還會給聽眾寄一些資料。

講堂的佈置

世上真有一些人，其謀生的辦法是教演講人如何安排講堂的環境。但是事實上不好的演講人，會死在卡內基大廳這種堂皇的場所，而好的演講人即使在地牢也會讓聽眾深刻印象。不過話雖如此說，下面還是告訴您幾個安全的秘訣。

設法在講堂的中央留出一條走道。適當的時候您可以走下講台，去到這條走道上。不要讓放映機由這條走道上放映，這樣會把您照個正著。要讓大家都看得見幻燈片，而您的身上光線要亮到他們同時也可以看到您。

事先（通常四十五分鐘至一個鐘頭以前）到講堂去看看，是不是有什麼需要變動的地方。如果有人在您以前用這個地方，或者您是接在其他演講人的後面演講，在您開始以前要注意該擺的東西都擺好了嗎？

如果您要在牆上掛什麼東西，先問問這個機關准不准您掛，再看看牆上能不能掛。一定要有一張桌子可以擺您的筆記、分發資料或相關作品。查看一下邊線，全講堂的人都看得見您嗎？如果您因為燈光而看不見聽眾，那麼記住座位的安排，以便知道您朝什麼方向看。尤其如果您將談到聽眾中的那幾個人，這一點是非常必要的。練習如何上下講台，尤其，如果您將與介紹您的人擦身而過。

專家的策略——一週以前給這家機構打電話，要求與宴會或集會人通話。告訴他們您需要些什麼。您總是可以修改您的演講，以適應不夠完美的情況，但是您很少能修改情況，以適應一個無伸縮性的發表計畫。

發表演講以前的參與

許多客戶會給您在演講以前一天、或一個晚上，參加一個餐會或社交場合的機會。除非您有別的事，這樣的參與總是很好的。您可以和您演講會的聽眾晤面，讓他們認識您。您可以聽到關於這個客戶最近的發展，而放進您的講詞。您並且可以隨便的、從容的與公司職員介紹來的買主閒談。

專家的策略——如果您有配偶或什麼重要的人，而他們也應邀出席您演講以前的社交場合，那麼便把他們一起帶來。這是凝結關係和成為「一家人」的最好辦法。這也是與您人生中特別重要的人共度時光，和分享這種職業所給您旅行經驗的最好辦法。

作品銷售

銷售與應邀演講有關的作品，一點也沒什麼不對。下面是我認為很靈驗的秘訣：

- 在講台上的時候，把您的作品之一送給您的聽眾。
- 請求介紹您的人在會場上提一提您的作品，以及這些作品如何。一個很好的辦法是說：「某某先生慷慨的答應給現場購買的人打百分之十五的折扣。」
- 如果有一家會議書店，請他們展覽與您演講有關的作品，並宣傳您為重要的演講人。
- 請人照管您陳放作品的桌子。我儘量不自賣作品收錢。
- 接受所有主要的信用卡。
- 創造一個「整套」價格。買您桌上所有作品的人如何可以享受折扣的優待。
- 給每一位來看您陳放作品桌子的人一份您作品的目錄，不論他們買與不買。您可以將會議或客戶的名字蓋個印在上面，並且說三十天內可以有百分之多少的折扣。

・把您的一套與演講有關的作品如何當禮物送給行業協會、客戶的圖書館，或客戶所支持的慈善機構。

真正的關鍵所在是：視您的作品銷售為有助於聽眾學習，以及會改善客戶的情況，而不主要是您自己的財源。

專家的策略——一定要告知客戶您有什麼相關的作品，並且請他們選擇。如果您在每一本書上簽名，有的客戶會買一大堆，給每一個參與聽講的人家中寄一本。如果您的書是由商業出版社出版，那麼當地的書店往往會同樣給他們打很大的折扣。

個人的準備

您得在「適當的時間在適當的地點」，才能對一個客戶有助益。聽眾可以覺察出您沒有把握和心不在焉。如果一位演講人猶疑不定或害怕，他們便會煩躁不寧。

・集中注意力於您面前的講詞，不要擔心下個星期或下個月的講詞。

・不以完美為練習的目標，而是讓您的聽眾舒適愉快為練習的目標。聽眾不在乎您是不是完美，但是只有您舒適愉快，他們才會舒適愉快。

- 這場演講並不是西方文明的一個轉捩點。不論今天講台上發生什麼事情，明天世事仍將照常進行。
- 視聽眾為成熟、聰明和積極的成年人，他們願見您成功。
- 您的任務是要取悅買主和達成買主的目標，而不是要受到滿堂喝采或在評分紙上得滿分。
- 不要想超越上面一個演講人，或者緊抓住別人都用之有效的方法。您是獨特的。使用您的長處。
- 要具有煽動性。陳腔濫調和重複不會激發任何人採取行動。迫使您的聽眾去思想，讓他們有急迫感。邏輯使人思想、情感使人採取行動。

專家的策略——在演講以前，做一點使您大笑的事。聽段幽默的錄音帶，看一個滑稽的電影、在電話上與一位好朋友聊天。如果您的孩子能讓您笑，便給他們打電話，或者只是想想好的事情。不論您的題目或聽眾是什麼樣的，您在上台以前要有一點樂趣。

職業演講術的六大荒誕說法

第一種荒誕說法

「您在演講以前應該有一點緊張。」我不知道您的情形，但是如果您在演講了幾十次、幾百次或幾千次以後還緊張，那麼便應該吃一點鎮靜劑。我在演講以前腎上腺分泌增加，感到興奮和精神飽滿，迫不及待的要去演講，但我不感到緊張。焦慮會毀壞您的時間安排、減緩您的反射作用、麻痺您的動作。在壓力之下表現得好的運動員不感到緊張，他們只是變得更好。

第二種荒誕說法

「不論您已演講過這份講詞幾遍，您應該準備比它長三倍的談話資料。」如果您是一條魚，您也許應該這樣，因為魚的注意力只能集中注意四秒鐘。這簡直是一派胡言。或許為了一群新的聽眾的性質或一個新的環境，您應該這樣的準備，但是如果您每一次講您的招牌演講都得預習三個小時，那麼看看您的喉嚨周圍有沒有鰓。

第三種荒誕說法

「如果您有一篇演講，您便有一本書。」這話應該是：如果您有一篇演講，您便有一本小得令人極痛苦的書。演講和寫作是不相關的事。有時二者相生，但卻絕不相等。寫一本書需要廣泛的研究工作、整齊和耶穌會士般的邏輯、精彩的隱喻和完美無瑕的構造。

第四種荒誕說法

「仔細研究您的講台技巧和請個教練。」內容和知識是最重要的條件。如果您有內容和知識，那麼正當的講台技巧便可以使您順利過關。如果您沒有內容和知識，那麼高超的技巧只不過是風中的堡壘。許多演講人在發表技術細節上，花過多的時間，而在研究、新構想、與客戶熟識，以及自發上花的時間不夠。

第五種荒誕說法

「追蹤研究聽眾的評估要比查對您股票列表更仔細。」班都拉博士（Dr. Albert Bandura）

關於自我效能的研究，為演講人提出一項有趣的見解：那些自己感覺沒有什麼知識和能力的人，重視外在的表演標準，使自己覺得很有成就。那些自己感覺很有知識和能力的人，著重個人所建立的學習目標和自我控制。這是值得好好想一想的。

第六種荒誕說法

「我們的自我價值，乃是建築在我們在講台上的成功和成就之上。」我不同意這個說法。我們的自我價值應該建築在我們對周遭的環境與社會、對我們的家人與友人，以及我們自己對我們未來想像的貢獻之上。演講只是一個達到目的的手段，許許多多這樣的手段之一。我們需要寬廣的觀點，非常懂得生活，以及有各種各樣的經驗。是這些使我們成為非常重要的人物。

11

消極的收入

「早安！昨夜您賺了多少錢？」

這是資訊的行業

每天早晨，包括假日和週末在內，我的電子郵件、答錄機和郵政信箱，都收到訂購書、小冊子、錄音帶和簡訊的訊息。有的時候我在睡覺時比在行走時更能賺錢。

從前有很長的一段時期，我都不贊成銷售與演講有關的作品。我曾感到在講台上叫賣作品是低級的。我今天仍然這麼想，而且從來不在一群團體法人的聽眾面前促銷作品。然而，我已經發現促銷作品的目的是正當的，也是讓我舒適愉快的方法。

我也瞭解到我忽略了我自己的想法——協助改進客戶的情況是最重要。不論是法人團體、教育界、非營利事業、市民、一般民眾或公益團體聽眾，若干聽眾在聽了您的演講以後還想繼續成長。滿足這需要的最佳方法，是透過個人化的學習選擇。當我認識到我們不是在「演講」行業、「講論會」行業、「訓練」行業或「主題演講」行業時，我突然醒悟到這一點。我們是在資訊行業，而資訊可以以許多形式出現。

好消息是各種不同形式的附加資訊，是我們這一行一個極端自然的方面。壞消息是大多的演講人視資訊有主要而非次要的作用。他們所創造的作品是武斷、低品質的，或者也不過是為了賺錢的。一種作品愈有其固有的價值並且延續您在講台上肇始的學習經驗，則愈容易造成改進過程的延續。

創造和推銷與演講有關作品，至少有八項堅實的理由：

- 它們使參與聽講的人，可以繼續在您演講會上肇始的發展。
- 它們給買主供應聽眾更多價值的機會。
- 它們創造您延綿的存在和知名度，可以招來更多的生意。
- 有許多未出席和不克出席您演講會的人買您的作品，也是您的收入。
- 它們提供在媒體上促銷的機會。
- 在適當的系絡中，它們增加您的信譽。
- 它們有助於區別您與您的競爭者，包括那些在類似地理區域、講題領域或行業的競爭者。
- 當您的營業不好時，它們亦是一項非常重要的收入。

作品也有不能忽略的不好方面：

- 如果愚蠢的促銷，便會背離專業主義。

- 如果品質不良，會損傷信譽和職業形象。
- 如果閉門造車，沒有推銷策略，便會造成虧損。
- 如果太過專門化或限定日期，它們很快便會作廢，或是在充分獲得利潤以前必須拋棄，或許還需要投資修改以便適合新的要求。

如果作品是經仔細的發明、聰明的推銷和職業性的出售，那麼利益顯然大於風險。因為，如果您還有這個嗜好，那麼與演講相關的作品，便是您涉足資訊事業的一個自然和有利潤的旁支。然而，您營業的驅策力是演講，而作品應該是次要的。這表示演講人必須首先集中注意力於發展一份成功的演講事業。對於作品過早的時間與金錢投資會削弱您的動力。

> **根據經驗，或許最好在完全以您的演講活動，維持您目前的生活方式至少一年以後，再嘗試發展作品。**

關於以相關作品賺錢的五種構想

書籍

此處賺錢的是指自己出版的書籍，我們的注意力也集中在這樣的書籍上。自己出版的書籍有兩件值得注意的事：

• 與一家出版商經銷接洽。這家出版商／經銷商或是分攤或是不分攤製作的成本。不過他們為這本書做宣傳和銷售的工作，有時報酬是分攤相當大的一份利潤。

• 找一名好的圖表設計師和印刷業者，按照您的規格為這本書設計圖表和印刷，一切由您控制。

您可以自己發行精裝或平裝書，長篇的鉅冊書或小冊子。我發現一本涵蓋我任何一個演講課題（甚至部分課題）的六十頁左右小冊子，是一種非常好的投資。在這六十頁中，只有三十頁左右是正文。有二十來頁是特別提出的重點、引句和學習教具。其餘是自傳資料、關於其他作品的資訊及訂購單。

創作的書籍或小冊子要容易讀，包含許多圖表和模型並容易引起注意。這是為什麼您需要一位職業的設計師和印刷業者。但是在今日激烈競爭的市場，這樣的成本很低。使用多買多便宜的辦法。常常客戶一次買我幾百本談領袖才能與創新的小冊子，遠不止是分發給在場的聽眾看。

書和小冊子可以在您「賦閒」的時候寫作。您可以和日後的演講一併賣給買主，或是在演講以後在講堂的後面出售，或者讓聽眾郵購，或者讓不克親自前來聽講的人有一個概念。

錄音帶

錄音帶很受歡迎，因為可以在汽車上聽。許多人在車上學東西和追求自我的發展。

我發現最好的錄音帶是「現場的」錄音帶。您應當在演講的時候錄製這種帶子，並將聽眾的反應和問題包括在內。您如果在播音室製作，那麼錄音帶便會枯燥無味和拘謹不自主。再者，聽現場錄音帶的人，對於錯誤，甚至是音質也比較寬容。

我所有的錄音帶都是在講台上，或電台訪問時錄製的，每面長三十分鐘到四十五分鐘之間。單卷賣，或三卷、四卷帶子成組賣。四卷成組賣時，另外附送兩本四十頁的練習簿。通常，單卷零售價在美金七元到十二元之間，三或四卷成組出售在美金二十元到四十五元之間。多卷放在一起外加重要文件，則在美金五十元到一百五十元之間。錄音帶的價格隨標題的性質、資料的深度、您的信譽和您的勁道而異。

一個相關作品的訂價，應該根據買主對價值的感覺而定。以此為您設計和促銷的標準。我曾經看到幾乎相同的作品，因買主對文化的感覺不同，而在價格上有很大的差別。

請一位行家校訂您的錄音帶。在最後說明如何購買更多的相關作品。如果您在錄音帶中提到一些日期，那麼把這樣的字眼除去，以延長錄音帶的時效。

今日錄音帶的校訂，複製、上標籤、包裝已成為一種高度具有競爭性的行業。多走幾家並且問其他演講人的經驗。雖然一次多製可以節省成本，我建議您在知道有可靠的銷售量以前維持有限的存貨。也就是最初訂製一百本到一千本，再訂製時為二千五百本。

錄影帶

錄影帶必須請行家製作。另一個製作錄影帶好辦法是與客戶合作。這表示客戶允許製作人員把您和聽眾一起拍攝進去，現場的聲光也符合要求。為了答謝客戶，您可以送他免費的錄影帶，打折扣賣給他錄影帶，或按照買主的意思拍攝會議其餘的部分。許多客戶都會客氣的接受這種的報酬。

您必須修改您的演講以配合錄影帶作品的特性。這意味著少提客戶或特定客戶的例子，避免與時間有關的例子，加入幽默、問題、請求以造成聽眾的參與和反應，也只使用容易上錄影帶的視聽教具。

根據我的經驗，錄影帶長度不應超過一小時，普通三十分鐘長就夠了。零售價按照上列的因素在十五美元與九十美元之間。然而，製作的費用相當可觀。專業的兩架攝影機拍製，加上相關的設備與校訂，成本可能在五千美元與一萬美元之間。好消息是錄影帶的複製和錄音帶的複製一樣，視製作量可以只需要五元到十元美金。

製作錄影帶相關作品，最好是與一位製片／銷售人合作，他可以承擔全部的成本，付您版稅。如果您的名聲很大，足以使作品暢銷，那麼也可以製作錄影帶作品。

簡訊

我所說的不是許多演講人所分發的促銷小傳單，我所說的是每月、每兩個月或每季出版一次的刊物，是讀者真正花錢買的。

這個市場不容易打開，但也可以有大的利潤。如果您目前經常可以收到新的構想和資訊，或在設計新的辦法和技術，或對當前大家關心的問題有回應和解決，那麼您可以考慮發行一份簡訊。

您必須有組織技巧、嗜好、寫作能力和時間。然而，最重要的是您得有讀者。對於簡訊來說，最理想的情形是它們針對特殊的技巧，在這個技巧上得到可信賴的名人的支持，並且有豐富和高品質的內容。這種簡訊不是促銷您最近出版的書籍，或是刊登您演講的時間表，或是您的獲獎和榮譽的地方，而是集中注意力給購買的人價值。

我認為簡訊是一種高度專門化的作品，它們最適合於擁有許多已購買其他作品之基本顧客的演講人。然而，許多演講人忽略簡訊。其實簡訊是促使每年收入增加和促進您的信譽與地位的好辦法。如果您把簡訊寄給一些雜誌或當地的報紙，那麼它們會加以引述並註明出處。

忠告和諮商

大多數的演講人最有價值的資產是他們的智慧財。除非它們只不過是抄襲別人的構想，否則它們將能提供專業知識和獨特的構想泉源。這些才能是在講台以外也可以出售的。

我不認為下了講台以後的忠告為「顧問」，因為由收入的立場來說，其目標是在遠距離而不是在現場。它所以是消極的，是因為可以把它錄下音來，收到請求以後可以在以後作答，而它可以使人接近您。

如果您與買主（而非集會策劃人或聽眾）的關係良好，而您用心計畫在上台工作以前和以後與買主談話，那麼您有理想的條件請求為他做忠告和諮商的工作。這種工作絕不要以時間單位為基礎，而要以收費為基礎。譬如，如果協議上說對方可以在九十天內給您打電話求助，不要按時間或收到多少電話為收費的標準，要以這份工作為收費的標準，如整個這份工作收費二萬五千美元。

如何由相關作品和服務的銷售中得到最大的利潤

在我們談到利潤以前，要說明一件事：相關作品是為了要滿足前述的標準，而不只是不計一切的賺錢。您的相關作品必須能充分代表您，對於購買者具有某種價值，也適合客戶的職業。如果您不想要一個賣新奇東西的商店，或在講堂的後面擺個賤賣攤，那麼您的作品必須以專業的形式，對購買者傳達您的構想和價值觀念。而這種形式因幽默大師、商業演講人、形像顧問和訓練者而異，不可一概而論。

不論您想賣什麼，下面是使您可以得到最大利潤的辦法。要記住，重要的不是您賺多少，而是您存多少。我希望您主要是一位演講人，作品的銷售應當是有利潤和附屬的營業。它花的時間要少，而利潤要大，也就是說您的收入要超過支出。切記：時間也是金錢。

> **最好的相關作品是那些「自行銷售」不太需要您管的作品。最壞的相關作品剝奪您演講、發展新客戶或坐在游泳池邊消遙時間的作品。時間便是金錢。**

十個極大化作品利潤的秘訣

1.將相關作品「成套賣」。不論您有兩種作品或是有二十二種作品，給一次購買全部作品的客戶一個單價，再給他一個折扣。在心理上，除非您這樣做否則沒有人想買，而您一旦這樣做，便有人會買。

2.製作一份相關作品目錄。把它分發給走到您桌子前的人。如果買主不反對，便分發給聽眾，把它寄給可能買的人。花一點錢。把您的作品照下來，加以形容，並列舉曾經使用者的推薦書。放一張訂貨單在裡面，但不要超過半頁大。不要讓虛榮心破壞您的目的。您不必放上您的照片或說明您有多偉大，您只需要說這種相關作品如何可以滿足購買者的需要。

注意：要對購買者友善。買一個長途電話免付費的號碼，讓打電話來的人可以訂貨，也可以聽到對相關作品的描述；讓對方可以在網路下單；宣傳——您的傳真號碼。我利用免費電話號碼，每週接到二十次訂貨的電話，買主最喜歡這個辦法。其次是傳真，第三是一般的郵件，第四是網路。

3. 接受所有的主要信用卡。我銷售量的百分之六十是用信用卡。

4. 把目錄放進您的資料袋。每當我寄出一個資料袋時，便把我的目錄放進去。有的人不聘請我演講，但是他們買書、錄音帶和錄影帶。

5. 詳細記錄下購買您作品的人。把它和別的名單（如客戶、關鍵聯絡人、介紹人）分開，不論是不是有人出現在二張名單上。至少每年一次與以前購買過的人聯絡，看看他們要不要其他的作品或新的作品。請每一位購買者填一張表。

6. 找一個人替您看生意。如果您是在講堂後面賣東西，便不可能在書上簽名或鼓勵聽眾買您的作品。此外，您手不碰錢而在一個短距離以外和聽眾談話，更具有專業演講人的形像。有的時候行業協會開一家書店，在這樣的情形下，設法把它們放在引人注意的地方，並且在適當的情形下，提議您的購買者在書上簽名。

7. 當您向客戶提出演講計畫書時，向他解釋您的相關作品，那些與這次演講有密切關係。給他若干免費贈送的相關作品，提出特別的服務項目（如送到參與者的家中、放進公司的名稱地址等）以及各種的折扣辦法。

8. 請演講介紹人提一提您的相關作品。這比您自己說更具有職業的風度，而且也更有分量。最理想的是介紹人在致介紹時，提到這些作品並加以展示，而在最後您講完向您致謝時再提一下。若如此講堂後面相關作品的銷售量會增加至少百分之五十。

9. 給大量購買的人折扣。我提議您在買一百件、五百件和一千件這種大數目上打折扣。

10. 贈送一點小的淨利而賺取較大的淨利。我的簡訊一年的訂費是九十八美元。我送給訂閱的人一本免費的小冊子；小冊子的零售價是每本美金六塊九毛五。關鍵是小冊子的印刷成本只有美金一元。購買的人覺得在小冊子零售價上賺了錢，而您應該看到淨利實際上大為增加。

避免繫獄

當您開始販售相關作品時，警戒與賠償責任存在的層次也增加，我願加重說明的是：和演講一樣，這是在做生意，而非副業或嗜好。這是在做生意，因而需要付稅、保持紀錄和遵守法律。

稅的問題

您當然得付相關作品銷售的聯邦稅。您也可以正當的扣除所有創作、改進和供銷您相關作品所造成的開銷。至少，請您的會計師將相關作品的銷售與其他收入及類似之單獨開銷分開。這樣做也可以讓您知道您營業中相關作品的部分是否有利潤，並防止真正的結果淹沒在總收入及總開銷中。

按照您的營業地點，您必須收取和付繳一切應該收取和付繳的州和地方稅。問清楚您的責任和義務是什麼。如果國稅局來查核，說您八年未付稅，那時您說不知道該付稅也無法抵賴。罰金可能很重。

有的時候人家付您現金。在存款單和繳稅上應把它當收入計算。我在零售價上面再加適當的稅，我不替人付稅。大家已習於付稅，不要慣壞他們。

品質的問題

對於錯誤和拒斥要有準備。印刷業者如果印錯，通常多給您印百分之十以為賠償。如果您常照顧一家印刷廠，您可以把因印錯而遭退回的相關作品累積起來，還給印刷廠，下一次您有什麼東西再印的時候可以少付一點錢。察看您的存貨，一位付錢的顧客發現品質上的錯誤，比您自己發現糟糕。絕不要明知道有錯但認為是小錯誤，而仍把東西賣出去。

如果相關作品的包裝有一些小瑕疵點，把它們當宣傳品送給人，或送給那些要求樣品的人。

退貨

我的政策是接受退貨，不問問題，也不加錢。如果有人說「我很失望」，即使我認為，他看到梵諦岡教皇小禮拜堂也會失望，或者我認為他迫切需要看我所寫的東西，我還是把錢退給他，說：「請接受我的道歉。」如果有人打電話來說：「書在郵寄時破損了。」我便說：「我立刻給您再寄一本。」我不要求他退回破損的書。如果偶爾我也受騙，卻比使一位真正的顧客失望好。這不過是做生意的一個代價。

絕不要視一位購買您相關作品的人為只照顧您一次的顧客，要視他為一輩子的顧客。

賠償責任與剽竊

如果您是從頭發明您自己的作品，那麼它必須符合安全標準。關於這樣的作品，仔細請教一位專長在這一方面的律師，確保您的材料、解釋與使用方法說明符合標準。

說到書寫文字，必須注意是您自己的話。在講堂上許多人不說明他們講的話是引誰說的。他們引哥德、季辛吉、福特的話而不說明出處，好像是自己在舞台上正經歷了一次啟示一樣。在一次短暫的演講中您不提一、兩個出處有時也許不要緊，但是在印刷品中卻無法遁形。當您創作一件文字作品時，出處都要寫對——您自己的話是什麼，引誰的話是什麼。

時效

書寫文字、技術與警語都會過期。您在創作的時候要注意其持久性，但也要有伸縮性。不論製作人怎麼告訴您說一版多出一點比較經濟，都不要讓存貨過多，以免您不得不出售老東西以補償投資。如果您製作練習簿和活頁本出售，那麼把它們製成組合單元，以便將來可以抽換一頁或一段，而不需整個重印。

顧客不付錢

偶爾您會收到一個不為人接受的信用卡號碼，或一張不能兌現的支票。不要驚惶，也不要難過。首先，每一次銷售的交易都要向顧客要一個電話號碼。其次，再把信用卡號碼和支票繳進去，至少再試一次。第三，如果還是不被接受，那麼給這位顧客打電話！客氣的向他解釋這樣的事情已發生過許多次，希望他幫您解決一下。在我十二年的作品銷售經驗中，最後沒有一位顧客是不付錢的。在百分之九十九出問題的情形下，或許告訴我的信用卡號碼有誤，或許是支票再寄回去銀行便兌現。通常，如果公司行號向我要，我便給他們一個帳單，但是我不給個人帳單，個人的銷售是用支票、匯票、信用卡。如果是當場購買，我便收現金。

偷竊

當您把作品運到出售的現場時，您可能在路上、在現場、在出售的當中或之後遭到偷竊。我有的作品在沒有人照看的桌子上不翼而飛。如果人口之中有百分之五會在商店偷東西，那麼您聽眾之中的百分之五也許有此傾向。為了防護起見：

- 運送的時候保個險，仔細追查運送過程。
- 運給負責保護您作品的特定個人。
- 即使是在演講會進行的當中，也不要讓您銷售的桌子沒有人照看。
- 只擺出有限的樣本，註明為「樣本」，在桌子後面出售存貨。
- 一開始不要運送過多的產品（如果賣完了您還是可以接受訂單並且付運費）。
- 如果您懷疑有人偷竊，不要採取行動，那是不值得的。
- 如果您看見有人在偷，走上去問您能不能賣給他。絕不要責怪任何人，尤其是在有客戶的地方。

如果別人替您給訂貨的顧客寄貨，而他們又不是您一輩子的好朋友，那麼設立一個仔細的會計制度，並且經常對照收入和存貨。雖然我們是自己給訂貨的顧客寄貨，我還是經常對照收入和存貨。

最後，您的存貨要儲藏在由您控制的地方。不要把它們留給印刷廠或出版商，他們不擅於保管。必要的時候花錢租一個地方，要注意它不大受氣候的影響。

結語：演講業的眞義是什麼

「我做了些什麼？」

演講業不是演藝事業

我們演講人的作為，其效果遠超過我們自己所瞭解的範圍。我們的行為、我們所說的話、我們的榜樣和我們的存在，都給大家一個強有力的模範。

我們所創造的模範是什麼？

像外科醫師、理髮師、心理學家或教師一樣，我們可以造成人們的改變。但和他們不一樣的是，我們幾乎從來不能瞭解這種效果、知道它的程度或看到結果。我們不會收到測驗的結果，觀察到改變了的行為，或常能聽到新的成功故事。我們相信必然有一些事情發生了，但是永遠不能確知發生了什事情。評分紙和喝采一無價值，因為它們只告訴我們一些當日場合和環境的情形，而很少告訴我們聽眾和演講會之後的情況。

> 我實在不在乎您是不是喜歡我，我在乎您是不是學到一些東西。我不在乎您有沒有喝采，我在乎您有沒有思想。我不乎您是否對我的演講感到興趣，我在乎您有沒有因為我的演講而採取行動。

您給大家什麼樣的榜樣？這個榜樣是他們在講台上、講堂的前方、桌面傾斜的講台後方，以及舞台上所見到的總和。它是您所說的話、您的行動、態度、自發性、所舉例子、幽默、資料、構想和重點的總和。您是即席發表、「全神貫注」、與聽眾互動、真正的交心嗎？或著您曾經預演、動作經過指導、膚淺、因襲、流假眼淚和皮笑肉不笑嗎？

沒有人相信他們所讀到和聽到的。他們相信自己所看到的。當大家注視您的時候，他們看到什麼。為這一行成功鋪路的是誠實，而非狡詐。世上所有的教練和專門的講台技巧，只會打扮出一個膚淺的演講內容和不誠懇的講出。這些詭詐的設計不能給您的演講分量、深度或意義。膚淺與不誠實，終久會在掩飾的重量下崩潰。

這一行不是像賣冰淇淋或電視機。聽眾不能決定滋味，他們在購買以前不能測驗畫面清不清楚，買了以後也不能打電話找您修理。我們的責任異常重大。

道德的考慮：演講人的信條

沒有任何政府機關、行業協會，或消費者團體監督我們的作為。雖然某一客戶可以決定以後再聘請我們，或再也不看我們一眼，可是這是有關演講發表的事。而且總還是有其他可能的顧客來聽我們演講。我們必須克制自己。畢竟，任何人都可以掛個小招牌說：「職業演講人候教」。事實上，我們之中大多數的人都曾這樣做。我們不要騙自己，我們進入這一行，並不需要經過任何嚴格的資格測驗。

但是我認為您的行為愈道德，您便會愈成功。「不做錯事」主要不是一種抽象的美德，而是為了實際上業務的需要。在演講這一行中，正直勝過亮麗的小冊子。誠實勝過精巧的圖表。您的話比您的履歷更重要。

演講人經常在正式的會議和非正式的集會中聚會。我幾乎從來沒有聽見過他們討論我們這一行的道德。我不知道尚有任何其他的職業團體會這麼忽略職業道德。

下面是我提出演講人的正當行為指南。我認為，這些指南對我們而言是極好的測驗。而在這一個要求極高價值觀念和自制的職業中，它也是給我們帶來慰藉的最好方法。

演講人的信條

- 我主要使用我自己的構想和經驗，當我引述別人的話支持我自己的說法時，我會說明這是什麼人說的話。

・我在講台上要誠實，絕不說我明知不實的話。
・我的工作，旨在透過我與聽眾的溝通，達成客戶的目的。
・我的收費反映我帶給客戶的價值，客戶將覺得結果超過投資。
・我的意向是協助大家學習、思考、改變和行動。真正的影響是發生在聽眾離開講堂以後很久。
・我絕不以與客戶目的無關的故事和行動去故意操縱聽眾的感情。
・我絕不會不顧我的課題與聽眾的需要，為了利己和樹立自己的形象，而使用講材和採取行動。
・不論我個人的信仰如何堅定，我儘量不勸別人改變，並且尊重不同的聽眾、不同的信仰、與個人的心靈特質。
・我對回饋要有正確的看法，知道自己絕不是像最高的評分那麼好或像最低的評分那麼壞。我的自尊來自內心。
・我的講材和名聲要正確的反映我是誰，我絕不要求份外和無根據的好處，也不在這樣的事情上居功。
・我要協助其他的演講人。我與他們分享經驗，提供給他們點子，介紹生意給他們，指導他們，因為當我們成長時，這一職業也成長。

- 我要進行公益的工作、金錢的捐助和義務活動，對我的社區有貢獻。
- 我將對社會有所貢獻，大家將記起曾有過我這麼一個人。

保持正確的看法

我不能強迫別人學習，我甚至不能誘導別人。我面對的是成年人，他們對他們自己的學習負責。動機是人類行為固有的一個方面——它只能來自內心。

那麼，我有什麼用處？我能做什麼？我可以創造一個有助於學習與誘導的環境；我可以提供中肯的內容，並以有趣的方式講出；我可以誠實的盡最大的能力回答問題，並且我的答案切合發問者的環境；我可以用個人作為例子來說明；我可以用實際或文詞的方式影響聽眾，使他們能把我的話應用到他們的問題上；我可以為一個特殊群體的需要而用心準備，而當始料未及的事情突然發生時，可以轉變話鋒，隨機應變；我可以把聽眾的需要放在我自己的需要之上。

您知不知道？這也已經夠多了。如果我能設法講出我的本領，我便成功了。這樣聽眾或許會學習「改變」，採取行動和被誘導。但是我不能保證這些，我只能保證我自己的部分。

問題是我們可以博得滿堂采，很高的評分和評語，而除了讓聽眾和客戶在很短時間看到我們在舞台上的技巧以外，對他們沒有真正的貢獻。我知道如何讓聽眾大笑。我知道如何讓聽眾鼓掌。如果我想要，我甚至知道如何讓他們哭泣。可是這又算得了什麼？問題是，我能讓他們想要學習嗎？

在我們的軍械庫中，有很多東西是很少需要使用的。但是我們太過經常把每一件武器都拖出來發射，只為了有它在那兒，它能創造許多聲和光，而且永遠會得到反應。我可以讓任何聽眾留有深刻印象。不過我的量度標準是：我能讓他們起立喝采嗎？

在本書的前面，我曾提到班都拉。班氏是當代最著名的心理學家之一，在自我功效估量上曾做過廣泛的研究。他說自尊心低和自信心低的人，往往很看重其表現的外在衡量標準。他們不斷的想要知道他們在別人的眼中表現如何，倚重評估他們表現的儀器和評價。

然而，那些有高度自尊心和自信心的人，往往使用內在的衡量標準去看待他們的成功。班都拉的研究發現，這些標準往往以學習和自我發展為中心，他稱之為自我掌握。

在我們這一行中，我們比任何客戶、任何聽眾、任何贊助者，都具有更大的成長潛力。我們可以由每一次演講、每一個不同的客戶、每一個新的環境中去學習。我們之中有些人也真的這麼做了，結果兩年以後有成長。有一些人不這麼做，繼續使用同樣的陳腐辦法，和十年以前所講的老故事。差別在哪兒？

如果我們不再成長，我們帶給客戶和聽眾的價值便不會增加。我們必須有正確的看法和勇氣，逐漸離開暫時成功的外在衡量標準，而採用顯示自我掌握的內在衡量標準。在一個超越的空間中，演講人逐漸離開聽掌聲和注意某一個特殊聽眾的反應，而趨向傾聽他們自己和注意自己發揮了多少自己的潛力。當這種超越到來時，當您走出一個掌聲激盪的講堂時，知道這次演講並不是最好的，當您走出一個反應冷淡的講堂時，知道在那樣情形下，沒有人能對那群聽眾做更多的事。

我們既非得意洋洋，也不完全失敗。或許有些聽眾、有些日子、有些地方會比較好，但是我們所要做的是每一次演出都盡力而為。重要的是這種努力的品質，而非受到多少歡呼。在一個表示懷疑和抗拒的聽眾群體中，能夠協助三十個人中的十個得到改良其處境的技巧和技術，比對一百個表現優異者強調他們已經多麼好，是更好的結果。這兩件事我們都會做，但是我們千萬要弄清楚它們相對的價值。

我在任何時間都願給唱詩班講道，但是統治世界的卻是粗魯的罪人。後者比較不容易改變，但改變他們卻是比較重要的。

個人的報酬

本書的小標題——「讓你賺大錢的演說術」——並不與這個結語矛盾。實際的情形是，如果您不自助，您便不能有效的幫助別人。

在一次中學青年討論會上，有一位二年級的學生當著數百學生與教師的面問我，「成功的捷徑是什麼？您來此是當一個成功的榜樣？省省吧！最快的一條路是什麼？」

在笑聲靜下來以後，我毫不遲疑的回答說：「發現您愛做的事，全心全力的去做。不要去找可以賺很錢的事情，而後設法愛上它。如果您用前一個辦法，您便會富有，不管您如何界定這種富有。而且您會有一個異常美好的人生。如果您用後面這個辦法，您便會痛苦。」

我們的生活方式和我們的渴望，反映非常個人的信仰系統。我絕不會以我自己的生活方式和渴望，強加於其他人，認為這也應當是他們渴望的。我發現這一行中所能有的不尋常的金錢報酬，可以使我們有幫助別人的能力。我們可以做公益工作、捐助、做義工，我也發現如果我愈能照料我自己的家庭和個人的責任，便愈態應付經常在不同環境下，與各種各樣客戶打交道所產生的緊張與壓力。

由於我在這一行愈來愈成功，我愈能對我的工作有所選擇。我曾將收入較低、學習機會較少的演講機會介紹給用得到它們的人。我已不再做我從來不喜歡和認為使人筋疲力竭的整日節目；我的旅行次數已經大為減少；我可以與妻子環遊世界，把兩個孩子送進美國最好的私立大學，並且追求有助於維持我精力的嗜好和興趣。這些都是由於資金的流動。

演講人往往過於著重他們做什麼，而太不著重他們的貢獻是什麼。他們的注意力集中在任務（一次訓練班），而非成果（利潤的增加）。因而，雖然這一行中有自大自利和自我中心的情形，可是大多數的演講人，始終低估他們的貢獻而對他們的客戶收費過低。具有諷刺意味的是，只有瞭解我在這章結語中所提到的內在衡量標準，只有遠離暫時性的外在衡量標準，我們才能真正欣賞我們的貢獻和我們的成果。

我聽說有些演講人按照人家給他的評分訂酬金額，評分愈高，收費愈高。這便相當於醫生的酬金是根據臨床的態度，而非根據他是否保護或增進您的健康。我曾聽到演講人在回答「您講得如何？」這個問題時說：「我給他們極深刻的印象。」但是又聽見另外的人說：「我有一點貢獻，只是他們還不知道。」

如果您不能評估您自己的貢獻，沒有任何聽眾的評分紙會對您有什麼好處。如果您需要被愛，可以養一隻狗。

登上寂寞的講台上去演講，這一行不是怯懦、優柔寡斷或沒有靈感的人做的，它也不是一個適合虛偽奉承的環境。

我們每一個人都從事一種最高尚的職業。這種職業已經有數千年之久的歷史，而且縱然有全球化的現象、科技的改變與政治的爭鬥，它的前途還是有保障的。我們是職業演講人，可以影響到成百萬人的心靈，而他們又可以轉而影響成百萬其他的人。這是一獨特和深刻的責任。在這樣做時，我們可以使我們自己的人生豐富，而因此增加我們繼續使別人人生豐富的能力。

我們還是好好幹吧！

如何開金口－讓你賺大錢的演說術

Original: Money Talks – How to Make a Million as a Speaker
by Alan Weiss
ISBN: 0-07-005137-2

1 2 3 4 5 6 7 8 9 0 P H W 9 8

作　者　Alan Weiss

譯　者　賈士蘅

合作出版暨發行所　美商麥格羅．希爾國際股份有限公司（台灣）
台北市大安區復興南路一段 227 號 4 樓
TEL: (02) 2751-5571　FAX: (02) 2771-2340
http://www.mcgraw-hill.com.tw

揚智文化事業股份有限公司
台北市新生南路三段 88 號 5 樓之 6
TEL: (02) 2366-0309　FAX: (02) 2366-0310
E-mail: tn605547@ms6.tisnet.net.tw
http://www.ycrc.com.tw
郵政劃撥帳號：1453497-6
法律顧問：北辰著作權事務所　蕭雄淋律師

總 代 理　揚智文化事業股份有限公司

出版日期　西元　1999　年　11　月　初版
行政院新聞局出版事業登記證／局版北市業字第 323 號

印　刷　普賢王印刷有限公司

定　價　新台幣 250 元

ISBN：957-493-159-5

國家圖書館出版品預行編目資料

如何開金口：讓您賺大錢的演說術／Alan Weiss 著；賈士蘅譯. -- 初版. -- 臺北市：麥格羅．希爾，1999[民 88]
冊；　公分
譯自：Money Talks：How to make a million as a speaker
ISBN 957-493-159-5 （平裝）

1. 演說夸術　2. 口才

811.9　　88103522